爱　的
小　哲　学

WHAT
IS LOVE

［意］维托·曼库索　著

杨姝睿　张密　译

中国友谊出版公司

图书在版编目（CIP）数据

爱的小哲学／（意）维托·曼库索著；杨姝睿，张密译. —— 北京：中国友谊出版公司，2021.4

ISBN 978-7-5057-5158-3

Ⅰ. ①爱… Ⅱ. ①维… ②杨… ③张… Ⅲ. ①随笔-作品集-意大利-现代 Ⅳ. ①I546.65

中国版本图书馆CIP数据核字(2021)第044017号

著作权合同登记号 图字：01-2020-1165

© 2014, Garzanti Libri S.r.l., Milano
Gruppo editoriale Mauri Spagnol

书名	爱的小哲学
作者	[意]维托·曼库索
译者	杨姝睿　张密
出版	中国友谊出版公司
发行	中国友谊出版公司
经销	新华书店
印刷	唐山富达印务有限公司
规格	880×1230毫米　32开
	7.5印张　185千字
版次	2021年5月第1版
印次	2021年5月第1次印刷
书号	ISBN 978-7-5057-5158-3
定价	49.80元
地址	北京市朝阳区西坝河南里17号楼
邮编	100028
电话	(010) 64678009

版权所有，翻版必究
如发现印装质量问题，可联系调换
电话 (010) 59799930-601

献给我的孩子斯特法诺和卡特莉娜

CONTENTS 目录

CHAPTER 2

第 2 章 如何生活在爱中

CHAPTER 3

第3章 爱的启示

第 1 章

爱 是 什 么

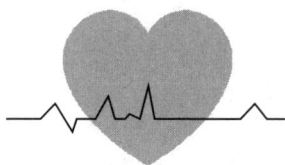

1. 第一次坠入爱河

当爱神之箭射中你的时候，你在哪里？在想什么？在做什么？那时我在我家乡布里安扎的一条乡间小路上，正接两个朋友打过来的排球。那是一个10月中旬的下午，我刚上初三。她来了，看了一会儿，或许是因为她看我分数落后不少，又或许只是她想上场，就请求我让她一起打球。我不加思索地答应了，因为我一开始把她当成了一个男生。只是比赛结束的时候，我才能更清楚地看她的模样，听她说话，才意识到她不是男生，而且很漂亮。当我问她叫什么名字的时候，她的声音让我觉得像听仙乐一样，她的名字对我而言很重要，也很高贵。我盯着她的眼睛看了一眼，就像看到了一片迷雾弥漫的树林，一瞬间，我就迷失其中了。

这是我"保存记忆"的第一次一见钟情，但我想象得出，这不是我的第一次：我这么说，是想到我儿子三岁时的情窦初开，当时的情况他可能都不记得了，但我永远不会忘记。当他被新保姆抱在怀里的时候，脸突然红了。我这么说，是想到我女儿大致在同样的年纪，在西西里乡村一个8月的晚上，因为一个年轻的男性亲戚刚刚骑摩托车过来，我发现她在我怀里想方设法要让对方抱，那时候她整个脸也都变红了。但除了吸引之外，在我孩子们的脸上，我还看到了尴尬、迷茫和一点害怕，形成那种"想要—不要—想要"的奇怪的混合情感。在他们那么小的时候，那种矛盾的感觉几乎立刻消失了，然而我这种感觉却在排球赛后的那些日子里持续了很久。有多少次，我在她家门口徘徊，既希望她出现，又害怕她出现。时至今日，那些失速的心跳还在我记忆深处，因为在那之后，在一些情境下再次出现了那种心跳。我非常熟悉那种既欢欣又痛苦的奇怪感觉，虽没有太多的关联，却又突然有撕心裂肺的感觉。

2. 本书观点

爱情现象的复杂性要求我们从不止一个角度来看待它。这是一个考虑自然在我们身上做了什么，或爱的被动维度问题；我们对自己做了什么，或者爱的积极维度问题；最后，是我们与自然有意识的结合，也就是我们人生在世的意义。

爱是我们的天性，是大自然的产物，我在第1章中就要对此加以阐述。我将描述爱作为一种原始力量，是从宇宙诞生之初就有的支配力量的扩展，而坠入爱河就是一种特别的表现。在第2章里，我将从我们被要求塑造自我，而由于我们是自由的人，同时也要求承担责任的角度来看待爱；如果事实上确实存在那种比我们更强大并经常征服我们的自然力量，那么同样真实的是，我们并不总是需要这些力量，且还存有一个未知的通常称其为自由的不确定空间，而这种自由需要意志和智慧的介入，爱情才能成熟。在第3章里，我将主题定为这个世界上爱的存在自身带来什么意义，因为我相信爱是一个特殊的视角，它能够找到那些证明"人生意义"的轨迹（证据）。

3. 爱的起源

　　首先需要面对的是人生中爱的起源问题，也就是说，弄清楚是谁射的箭（谁吸引了谁）。大部分情况下，吸引我们坠入爱河的箭并不是 Ta 发射的：事实上，他们常常完全没有意识到这与他们有关，就像那个短头发的有着绿色眼睛的女孩，我从来没有勇气向她表白，我也从来不知道她是否注意到了我的情感。当然，也有人能引诱某人爱上 Ta，但是这种情况下，这并不是爱情，而是一种假象，更经常的是诱惑（Seduzione）。这个词由代词 Se 和词源 duzione 组成，来自拉丁语动词 ducere－诱导，Condurre－引导（也作 dux、duce），所以如果自我引导是让另一个人关注自己的诱惑，那就是最高级的自恋（自我陶醉）行为，是对另一个人的爱情渴望。真爱恰恰相反，它把自己引向对方，把我们所有的精力都集中到对方身上，这样我们就可以放下冷冰冰的自我，舒展心灵，为我们自己的内心创造一个容纳他人的空间。为了能谈论爱，自我必须被切割，被伤害，被撕裂，然后展开、旋转和拉伸……当爱情产生的时候，自我会被一种强烈的不可抗拒又有些痛苦的力量所吸引，那是一种席卷一切的力量，是一种原始的力量。它既吸引着你，又让你害怕，它是一种宇宙的磁力，深藏于人的内心深处，会突然进发出不可阻挡的力量。

但是，是谁，又是什么激活了它呢？所以问题又回来了：当爱神之箭第一次射中你的时候，是谁放箭射的你？Ta 来自何方？是哪一张弓发射出来的箭呢？

不管怎么说，肯定的一点就是，一开始人是要被刺痛的。接下来，就好比我们说"我想""我选""我要去"来强调我们是发出动作的主角，在爱情刚刚开始的时候，口头去表达"我爱"是不恰当的。真爱不是我们随意做自己喜欢的事情，而是我们被爱情激活；真爱不是我们主动的倡议，我们更多的是被它所拉动；真爱刚开始的时候被动成分要比主动成分多得多。另一方面，关于爱情的起始，你甚至不能用动词被动式说"我是被爱的"，来说明自己是该行为的被动主体，因为在开始的时候，往往是在没有被爱的情况下才产生爱，甚至不知道我们的爱是否会有回应。

这些关于爱情起源的考虑结果就是一种言语上的障碍，象征着一种更深层次的实质性困惑：一方面，我们不能说"我爱"，因为真正主动的或发起的一方不是我，而是一种能抓住人心的更强大的力量；另一方面，我们甚至不能说"我被爱"，因为起初令 Ta 生爱的那个人还没爱上 Ta，或许永远不会爱上。那我们该如何谈论爱情的初始呢？怎么形容呢？爱这个动词应该如何正确变位呢？（意大利语动词要随主语变位，这种既非主动又非被动的情况经常令人尴尬地无法正确变位。——译者注）或者需要借用其他动词表达？

4. 爱与诗歌

在意大利语中，我们说"坠入爱河"（或曰爱上，innamorarsi），这个动词源于"爱"（amore）的词根，其中介词"in"赋予了动词的意义，更准确地说是进入一个地方，就像我们说"进入房子"一样。有许多类似的动词形式，如陷入深渊（innabissarsi）、落入陷阱（inttrappolarsi）、纠缠不休（invischiarsi）、充满激情（infervorarsi），想要说明主体进入深渊，落入陷阱，陷入困境，情绪激昂（还有出于某种缘故，要表明一种愤怒，就说"incazzarsi"或"incavolarsi"，这都是一种口语的奥秘）。

"坠入爱河／爱上"这个动词几乎总是反身动词形式（一个及物动词的动作对象就是主语自身，用反身代词取代了宾语。——译者注），即"io mi innamoro"，而用及物动词的"io innamoro"的情况几乎不存在，因为它体现了主体并没有自觉自愿。西班牙语 enamorarse 和德语 sich verlieben 都和意大利语类似。更加精辟的是英语的 fall in love，字面意思就是"掉进了爱中"，而法语 tomber amoureux 的字面意思就是"坠入爱河"，这些表达方式都能很好地渲染"爱上"的被动情形，表达坠入爱河者近乎成为"猎物"的境地。人可以掉进沟里，可以落入陷阱，可以落入埋伏圈，也可以陷入爱的网格。

所有这一切都表明，人们意识到：不是我们生出爱，而是爱发生在我们身上，我们就像被身边一系列力量、环境、偶然性等给吊了起来，它们总比我们更强大，始终居上并主导着我们，偶尔还禁锢着我们。我们人生中最重要的体验之源都掌握在某个别人手中，或者别的什么事物中。

这种独特的精神迷失状态所引起的特殊语言就是诗歌，它不同于散文的有序性。平常的语言有时会受到生活的影响，一些到目前为止都正常运行的语法、句法和概念，此刻却不足以表达生活体验的高度和低度。爱情无疑是这些情形之一，除了诗歌之外，它还与音乐、艺术和宗教相关（真正的爱情与很多事情都有很大关系，并要求一些宗教的规则：它需要仪式、庆典、圣餐仪式；全身心渴望"绝对""永远"的，全心奉献排他性的一神论）。

说到诗歌，这里有位古希腊诗人阿纳克里翁，他描述了自恋对自己的影响，把自己比作一棵已经没有生命的树干，令其自身随波逐流：

> 爱神，就像一名伐木工，
> 用一把巨大的斧头砍倒了我，
> 并把我倾倒在冬天的溪流中。

关于古代诗人和我们现今时代的诗歌，人们可以引用无数其他文章，因为爱情和坠入爱河常常激发诗歌的创作。现在我引用一篇关于爱情所引起骚动的最著名的篇章，这首诗写于约 2600 年前，在西方文明的起源之初，女诗人萨福（Saffo）献给她所爱的女人——因此形容词"萨福的"（Saffico）成为女同性恋的代名词，因为她生于爱琴海上的莱斯博（Lesbo）岛，于是人们亦称女同性恋为"莱斯博的"（Lesbian），并成了萨福的同义词。该诗被称为"第二片段""第二颂歌""爱情"等，有时就以夸西莫多所翻译的第一句"在我看来就像神"为名。下面就是该诗的译文：

在我看来就像神，

在你身边如此温柔，

我演奏他倾听，

而你在大声说笑。

只要看到你，

我的心就在胸中猛跳，

舌头僵直，声音消失。

一丝火焰迅速掠过皮肤，

我眼前发黑，

耳中是血流的轰鸣。

周身冒汗，浑身发抖，

就像一棵枯萎的草：

似乎死亡已不远，

心智已被掠走。

　　五个世纪之后，卡图卢斯为了他心爱的女人再度引用了这句话，并称之为莱斯比亚（Lesbia，其原名是 Clodia），他正是引用了萨福的诗，并以此来表达文学上的敬意：

在我看来就像神，

我是说，也许不止一个神，

坐在你身旁，

目不转睛盯着你，

温柔地听你说笑；

我羡慕死你，

当我看着你时，莱斯比亚，

我心里没有一丝声音，

我舌头发干，

骨头里蹿着一股火苗，

耳朵里嗡嗡作响，

眼睛里夜幕降临。

《雅歌》被认为是受上帝启发的充满爱意的史诗，是《圣经》最经典的一部分。主人公两次对朋友说到"思爱成病"，并在第二章第5节中使用了这个词："求你们给我葡萄干增补我力，给我苹果畅快我心，因我思爱成病。"第五章第8节说："耶路撒冷的众女子啊，我拜托你们，若遇见我的恋人，要告诉他，我因思爱成病。"坠入爱河引起这样一种内心的动荡，就像得了一场地道的疾病。

这不仅仅是一个诗意的形象，而是人生具体经历证明的一点。坠入爱河的人不再是自己的主人，Ta 的身心不再像以前那样服从自己，Ta 发现自己处于某种不可抗拒的身心磁性控制之下。这是一种真正的依赖，一种类似于审美体验和宗教体验中心的现象，它标志着主体面对比其更大更强的一种维度的投降、遗弃和完全开放。从这个角度来看，著名的古典美学条约《崇高条约》写道："一旦在恰当的时候爆发，崇高就会像闪电一样把一切化为碎片。"

那么，什么是坠入爱河？是从自我中心主义中的解放，还是一种新的更可怕的禁锢？这很难回答，因为正是陷入了令心智迷失的迷宫，英国诗人怀斯坦·奥登才写道："请给我关于爱的真相。"（O tell me the truth about love.）那么，对于那些要求得到爱情真相的人，该怎么回答呢？

5. 爱神之"波"

　　古典神话回答了恋爱原因的问题，说是被厄洛斯（爱神，或拉丁人所说的丘比特）的箭所射中，用如今的话就是"闪电"，来比喻心生恋情。很明显，没有人这样坠入爱河，被箭射中或被闪电击中的人也受到很多其他的后果，但这些画面是人们想象出来表达心生爱恋的突发性、意外性，甚至是地道的受伤感。自然的心生爱恋，是一种经常出现在人们眼前的真实情形，有时就切身出现在自己眼前，因此是语言可以描述的一种身体感受。但如何才能在这种情况下谈论它呢？可以用"波"来描述吗？

　　在物理学中，"波"被定义为"一种通过能量而不是物质传播的扰动"。我认为，经历过恋爱的人一下子就会明白，如何在没有任何物体的接触，却只有目光的一瞥后，就能在一个短暂的时间内受到从最小到最大能量的剧烈扰动。

　　物理学家把波分为机械的、电磁的或量子的：哪一种最像坠入爱河的呢？当然，它会造成某种放电，像一种巨大的磁铁会吸引人的身体和心理。但是，也有一点是明确的，那就是爱情之波并不像太阳光波那样，会毫无差异地传到在场的每一个人身上；让人坠入爱河的是一种完全不寻常的波，一种独特的海啸，它虽汹涌澎湃，却只扑向众多人中的一个。所以我们必须把它当作量子波来讨论吗？科学家们说，量子世界里能发生很多奇怪和完全不可预测的事情，面对这些事情，古典物理学的因果线性逻辑和日常生活的逻辑及语言都无法使用，而这才符合恋爱的现象。

6. 宇宙膨胀

构成那种"闪电"的波来自哪里？海浪是由风产生的，光波等电磁现象是由太阳产生的，吉他声波是由拨动琴弦的手指产生的，但恋爱之波的来源是什么呢？我已经说过了，不是那个被爱上的人，其实 Ta 一开始甚至都没有意识到"被谁爱上了"；也不能说是那个爱上对方的人，因为在很多情况下，Ta 远远没有想过要恋爱，有时甚至连那个特定的对象都还没有。所以似乎恋爱之波的源头，既不是被爱的对象，也不是恋爱的主体。但是爱情还是发生了。

天体物理学为我们提供了宇宙扩张的数据，已经膨胀了138.2 亿年的宇宙还在膨胀，人们知道，如今这种膨胀非但没有减速，反而在加速。他们说这种扩张是由暗能量产生的，暗能量几乎占宇宙天体总量的 70%。这种暗能量是什么，谁也不知道，这就是为什么它被称为暗能量，但我们必须假设它，以反映宇宙不断膨胀的实验数据。一些物理学家说暗能量是真空，他们谈论的是"量子真空"，而它与被理解为完全不存在的"虚无"有着根本的区别。量子真空并非什么都没有。然而，它也不是什么由粒子、原子、分子、细胞组成的我们所能看到的物质。在真空中找不到任何东西（所以才被称为真空），但这并不表明真空必须等同于什么都没有。这种真空超越了存在和虚无。

但是，如果在真空中没有任何被辨识的痕迹，甚至也没有光子构成的光，而是由一种暗中的变化主宰着真空，为什么说它什么都没有又是不对的呢？科学家们回答说，因为有时真空中会有震荡，产生一些发光粒子，如果真空是空的，这是不可能的，因为在这种情况下，它既不会震荡，也不会产生任何东西（古公理说，从什么都没有中什么都不会产生）。专家们写道："量子真空应该想象为一个动态的实体，而不是静态的，里面包含了大量的由真空状态的震荡所产生的粒子。"所以，真空虽然没有任何已知类型的物质，但它是一个能产生物质的实体。你真的要头疼了吧，但如果上帝存在，就是一种存在：一个非物质的实体，也许除了能量，还能产生形成能量和物质的种子。

真空震荡产生第一个已知的实体，有时显示为粒子，有时显示为波。从其绝对的黑暗中，真空中突然出现像闪电一样的光，最初的痕迹是存在的。科学家们说，我们的宇宙起源于这些量子真空的震荡，而且就是这些震荡开始了技术上称之为膨胀的过程（拉丁语的动词"膨胀"即"吹"），才导致最初的大爆炸，以及由此产生的一切。

我说了这么多，就是为了推导出这个问题：可以假设在涉及我们人类的量子真空中也会产生那种偶然的振荡，直到引发爱情的大爆炸吗？

可以肯定的是，我们人类是宇宙的一部分。从数量上来说，我们是宇宙中如此微小的碎片，以至于根本微不足道。然而，从质量上来说，从有关能源和物质的组织信息来看，我们人类是宇宙及其演化过程中非常重要的一部分，也是其最精致的产物（如果这份工作的价值最终被浪费掉，那就完全是另外一回事了）。

列奥纳多·达·芬奇写道："omo（人。——译者注）被古人称为小世界，这个说法恰如其分。"此话表达了世界和人类、宏观宇宙和微观世界之间神秘对应的古老思想，按照这种思想，每个人都在自己的小世界里再造与大世界相同的结构。不管怎样，毫无疑问，我们是宇宙的一部分，有点像不规则碎片几何所呈现的情况，一个单位的现象也再现于其组成成分的结构中。在任何情况下，即便撇开这些，毋庸置疑，我们也是宇宙的一部分，这个宇宙不仅在我们身外，也在我们体内，所以整个宇宙也与我们有某种关系。这都是古人的直觉。柏拉图说："你认为如果不知道宇宙的本质，你能以值得一提的方式了解灵魂的本质吗？"五个世纪后，马库斯·奥勒留重申："你应当崇拜宇宙的至高权威，它能利用万物，也能主宰万物；同样，你也要崇拜你自己的最高权威，其性质与宇宙相同。"继而又说："凡不知道宇宙是作什么用的，也不知道自己是谁。"

我认为，带着构造人体所需信息的遗传密码是螺旋形状的，而它与星系和一些最古老生物形态的一致绝非偶然。但撇开这些对有些人可能有意义而对其他人无意义的相似性，我认为我们有一项任务：了解我们如何参与宇宙膨胀的力量，宇宙膨胀的力量源于大爆炸，它至今仍在带动整个宇宙的膨胀。我猜想，我们是通过爱，特别是通过爱的"厄洛斯"形式（这里指性爱。——译者注）来参与的，这种形式是每个生命体复制宇宙万物的主要力量，而它趋于不断扩张。

假设情感的真纯产生于性爱冲动的混沌，而性爱的冲动就是朝着扩张运动的原始混乱与暗能量在我们体内的一种表现形式。扩张是宇宙的一个基本定律，性冲动则是一种方式，它赋予我们生命体的扩张。性爱将混沌引入最初那个单一孤独的个体有序系统，由此产生了更高层次的物质组织，就像氧原子与两个氢原子结合形成水分子一样。于是就有了我们称之为进化的宇宙在数量和质量上的扩张。没有混乱，就不会有扩张和进化。性冲动即是一种混沌，它敲打或更确切地说是疯狂地敲打我们的心扉，扰乱了原有的秩序，目的是创造一种新的更复杂的秩序，而那个秩序始终是源于混乱的。

除了我们内心混乱的胜利，性高潮还能是什么呢？公元 3 世纪的一位基督教作家，也是拉丁律师的泰尔图利亚五世曾这样说过:"在双方的瞬间冲击下,当体液与精神的炽热状态结合时,整个身体就会震动和颤抖……在这种快感最后一个高潮的带领下,我们难道没有一种灵魂出窍的感觉吗?"

7. 万有引力

　　每一种物理现象都受到万有引力定律的支配，这是一种反扩张的动态；当然，爱情作为一种物理现象，也是它的主体。这使得人类想要爱和被爱，也就是围绕着一个重心（爱），进而成为他人（被爱）的重心。但更重要的是什么：像行星一样被引力吸引，还是像恒星一样成为引力的重心？更重要的是爱还是被爱，是主动维度还是被动维度的爱情？

　　我相信感情生活取决于我们内在力量这两个方向之间的平衡。你不能只局限于爱情的主动维度。也就是说，若只爱而不接受爱，那它必然会变得空虚，淡而无味：你作为人最终几乎没有味道，就像一些宗教人士的刻板微笑，他们想表现出对所有人的爱，却根本不在乎人们的爱，因为他们对其一无所知。但是，你不能只靠接受爱而不给予他人爱而生活，因为自我会患肥胖症，你会变得越来越胖，看到和想要的只是自己，就像某些时尚人物同样刻板的微笑，只是一种轰动一时的造假，一个假产品，背后只有自私和自恋。在第一种情况里，你精神上太瘦弱，而第二种情况下，你太臃肿了。

　　我们需要在给予和接受爱之间找到适当的平衡，因为生活中的一切都取决于力量的正确平衡。亚里士多德把平衡作为道德的基本原则："事物本质上是被不足或过剩所破坏……而保护它们的是中庸之道。""中庸"一词出自儒家传统经典名著《中庸》，是比亚里士多德早三百年的中国人写的，被译为"不变之道"，其中说："天地万物都处于最大的平衡与和谐，在其正确的位置，才能达到其充分的发展。"而同一时期印度佛陀则将精神智慧的标准确定为平衡状态，称此为"已经实现了中庸之道"。

然而爱情一点也不平衡，事实上，它似乎很讨厌平衡。平衡不可避免地要求静态，相反，爱却是运动、变换、动荡、革新和不平衡的。平衡使人安心、安静，令人不安的爱情却让人痛苦、失眠。这就是为什么我认为指导概念既不是平衡，也不是和谐，这一概念表达了一种比例适度的需求，更重要的是永远不要阻挡运动的需求。

8. 阿芙罗狄蒂和催情药

在阿芙罗狄蒂的神话人物形象中，希腊人的智慧加入了对性爱体验的观察和分析。女神令人放心而神秘的形象凸显了她迷人的自然美：想想克尼多斯的《阿芙罗狄蒂》和米洛的《维纳斯》，然后是波提切利的《维纳斯的诞生》，由提香完成的《乔尔乔涅沉睡的维纳斯》，以及艺术史中无数关于维纳斯的其他雕像，她赤裸的身体上都有着肉体幸福愉悦的预兆。但你不能停留在表面。在神话里给阿芙罗狄蒂三十个或更多别称中，有些令人不安和粗俗，有些甚至带着血腥：斯科舍（昏暗）、梅莱德（黑色）、阿诺西亚（渎神）、多洛普（策划骗局的人）、伯勒奈（妓女）、传染病（所有平民，俗人的大流行病）、安德福内（杀手）、埃皮廷布里亚（坟墓）。

围绕着阿芙罗狄蒂形象结构性的模糊和爱情的体验，也来自关于她出生的两个传说，柏拉图就曾区分出这样两个不同的阿芙罗狄蒂："一个是古老的，没有母亲的天王星的女儿，我们称之为阿芙罗狄蒂乌拉尼亚；另一个是更年轻的，是宙斯和迪奥内的女儿，我们称之为阿芙罗狄蒂潘迪米亚。"

第一个传说，女神诞生于泡沫，希腊语 aphrós（泡沫），女神之名由此而来。而泡沫则是其父天王星的生殖器，被克罗诺斯用镰刀割下投至海中。这个神话赋予情欲决定性的价值，因为它让女神的诞生先于宙斯和其他奥林匹斯众神的诞生，也就是说，神话所传递的实质性信息，即爱情激情是先于权力（宙斯）、战争（阿瑞斯）、艺术（阿波罗）、智慧（雅典娜）和所有其他吸引并决定我们存在的力量。爱是先于上面所说的一切的，所以，阿芙罗狄蒂是在上天的血和精液（希腊语中，天王星之意即为"天"）与大海的咸水影响下诞生的，大海的咸水就是母亲：爱情是最早的炼金术的首要自然元素——天空、水、盐、精子、血液和时间，而克洛诺斯则是炼金术士。

另一个关于阿芙罗狄蒂诞生的传说，则认为她是宙斯的一个女儿，后来又补充说，是宙斯和天王星的女儿、女神狄奥妮生的；而天王星的女儿则出生在宙斯之前。于是，相对于至尊神的宙斯，阿芙罗狄蒂还是具有某种独立性。因此，关于爱情女神诞生（女性）的两种传说都表明，爱情和性欲的力量在逻辑上往往战胜了宙斯象征的（男性）体力和权力的力量。

为了表现爱的激情的不可抗拒性，《荷马史诗》向我们展现了女性非凡的内衣。在《伊利亚特》中，我们读到阿芙罗狄蒂"从胸前摘下一件彩色刺绣的文胸，而文胸集中了她无限的魅力：有爱情，欲望，勾人魂魄的密谈和劝说"。阿芙罗狄蒂脱掉她的文胸，送给宙斯的妻子赫拉，而赫拉则打算用性欲吸引她的丈夫，在热烈的情爱之夜，让他陷入深睡，这样波塞冬就有机会帮助希腊人去打特洛伊之战。荷马特别注重描写赫拉卫生间的细节：洗浴用的神圣树液，使身体芳香的香油，绚丽的辫子，像黑莓一样大的三石耳环，一件美妙的衣服只遮到胸前，用了黄金搭扣，挂着近百个吊坠的腰带，全新的面纱，脚上踏着一双凉鞋。结果，女神"像太阳一样耀眼"。

尽管经过细致周密的准备，赫拉还是不放心，于是求助于阿芙罗狄蒂："把你赢得所有的不朽之神和肉身凡人的爱和热情给我吧。"阿芙罗狄蒂同意并给了她文胸，这是历史上第一个对催情药的昵称。一戴上它，对宙斯的影响是立竿见影的："一看到它，欲望就立刻占据了他的头脑。"这位众神之主再也无法抗拒，并且几乎乞求他这位之前经常因别的事情而忽略了的妻子："让我们上床睡觉，享受爱情，从来没有对女神或女人的欲望能如此令我把心奉上。"卢西亚诺也记得阿芙罗狄蒂的文胸，提到雅典娜对三位女神的美丽断言："别让她脱衣服，帕里德，在她把文胸脱掉之前，她就是个女巫！因为穿戴着，就无法刺激你。"

神话再一次告诉我们，阿芙罗狄蒂如何变成了催情药，打败了体力和力量上的强者。也许这就是为什么雅典地区称阿芙罗狄蒂为支配着个体生命的神秘之神"三个莫伊拉中最年长的"，生命就像一条线，首先是纺线（克罗托的任务），然后是丈量（量神星拉克西丝的任务），最后是切割（阿特罗波的任务）。阿芙罗狄蒂被封为三个莫伊拉之首，这就意味着爱情可能是最有力的死亡原因，或者从乐观的角度说，是唯一能够对抗死亡的力量。

9. 护身符、药水和魔法

爱的激情的产生和传播是如此非理性，以至于需要常常使用神话的语言来描述它。除了文胸之外，神话里还提到阿芙罗狄蒂的一条致命金项链，女神在女儿阿莫尼亚与卡德摩斯举行婚礼时送给了她，这条项链能让任何佩戴者传递出不可抗拒的魅力，但与此同时，由于它在制造时被赫菲斯托斯加了诅咒，就注定会带来极大的不幸。不管怎样，无论是项链、胸衣还是其他物体，这些神话都表明了这样一种概念：可以通过特殊的工具、程序或方式，从外部人为地激发勾人魂魄的爱的激情。这是一个即使在今天也很普遍的看法。它们可以是具有特殊能量的物体，在这种情况下，所说的就是护身符或吉祥物；必须摄入或使其被摄入的某种药水；能够束缚意志的魔法公式。这种情况下的法术、咒语或魔法，统称为红魔法，以区别于行善的白魔法和邪恶的黑魔法。

关于性爱厄洛斯，柏拉图写道："一切占卜的过程和祭司的艺术都是从他的所作而来的，都是关于牺牲、启蒙、魅力，以及所有的占卜和魔法。"这显示了希腊文明中爱情与魔法之间的紧密联系。著名的催情药，特别是歌德在《浮士德》中提到的"塞萨利女巫"，影响了卢卡诺、奥拉齐奥和维吉尔。这是一种流传于整个古代世界的信仰，这里有一篇埃及文字，叫作《让女人爱上男人的方法》，它提供了能保证男人在爱情中获得无法抗拒的力量的一种药水的配方（重量单位权且叫作砝码）："麦加香脂，一个砝码；柴桂，一个砝码；Quscet，一个砝码。"还有其他成分，包括一升橄榄油。然后我们继续准备："研磨这些药物，将它们放入一只干净的罐子里，在满月的前一天，往里面加些油；满月的时候，你去钓一条九指或七指长的黑鱼，鱼的眼睛变化无常，是池塘的颜色。"配方继续写道："把它在前面备好的那罐油里放两天，黎明时对其吟诵后面那番咒语，在出门之前，不可以和任何人说话。"接下来还有其他指示和说明，为了理解那番咒语，我稍加打断和解释：Sciu 是埃及万神殿的第一个性别分化的神，而 Ra 是至高之神、太阳神："我是 Sciu、Galibanao，我是 Ra，我是 Qem-Ra，我是 Ra 的儿子，我是 Sciu 的女儿 Sesciat，赫利奥波利斯的水。你（女）是第一女人，Toeri，魔法之王，活的牛郎，Ureo！你是圣船，阿比多湖！请在每个女人的外阴中给予我恩惠、爱情和敬畏。爱情就是我的真名。"

鉴于爱情现象的普遍性及其不稳定的偶然性，以及随之而来的控制它的意愿，自然就能在每种文化和文明中找到类似的作品。但这不仅仅是过去的现象：如今，只需点击鼠标，就可以进入那些提供与四千年前埃及仪式非常相似的仪式的网站。这是一个承诺用它就会让人在爱情方面获胜的配方："拿一枚新鲜的鸡蛋。钻两个小孔并喝掉蛋液。将空蛋壳在食用色素中浸泡数小时染上鲜艳的红色，把它放在阳光下彻底晒干。轻轻地将两个孔中的一个扩展变大，往蛋内放入自己所爱的人的一些头发或指甲，或者一块布料或烟头。用蜡封闭小孔并用红丝带系住，只要你想得到那个人的爱，就一直保留这个彩蛋。"

显然，他们不关心配方，而是关注出售具有特殊能力的物品和特殊仪式的用料。在一个网站上，我发现了以下护身符：铜手镯，因为铜是金星的金属，"左腕戴上铜手镯吸引着恋人"；心形的石榴石，"最适合吸引爱情和激情"；装有珊瑚和曼陀罗根的红色小织物袋，要在其中插入自己的一绺头发；你戴的伊希斯小雕像是"一种吸引爱情的可靠方法"；青金石奉献给伊希斯、阿芙罗狄蒂和维纳斯；孔雀形的护身符，使佩戴它的男人"不可抗拒"；还有戒指、珍珠、羽毛、花卉首饰、心形贝壳饰品、芙蓉石、红宝石、蛙形俑、龙形坠。药水的成分包括"龙血粉、爱粉、诱惑粉、土星盐、火星盐、金星盐"，甚至是一种名为"四字神名"的盐（Tetragrammaton），据说它"充满上帝的神圣能量"。

最令人厌恶的习俗是用经血配制爱情药水，这当然是专门为女性的，这是我在中世纪文献中发现的一种古老习俗。配方各不相同，但都由以下五个阶段构成：（1）经血的收集，必须在特定的一天、特定的时间和特定的月份进行；（2）血液凝固、干燥并碾为粉末；（3）背诵一段咒语或引语；（4）将所得粉末与食物或饮料混合；（5）在对方不知情的情况下给所爱慕者饮下。

一些网站确保所有这些活动都可以由女性自己直接执行，而无须进一步的指示，只要认真执行所有收到的信息就足够了；另外一些人则警告，不要自己动手，只有红魔法专家才能通过特定的远程仪式使魔药生效。

10. 爱的化学

除了神奇的药水和收益相当可观的生意，很明显，当我们坠入爱河时，身体内部会发生重大化学反应。现在人们对这方面的认识很普遍，越来越多地用诸如恋爱化学、爱情荷尔蒙、爱情神经化学这样的术语来描述这个问题。通过明确的因果机制，浪漫而非理性的爱情被引向了一个能合理解释的科学过程。专家将恋人的大脑置于兴奋和抑郁阶段，进行功能磁共振成像，观察血流的循环以及由此引发的大脑不同区域的激活情况，并认为他们完全知道一个人自称恋爱时体内发生了什么。即使不知道它们的名字，甚至不知道荷尔蒙到底是什么，人们还是会反复地说，在恋爱中会引发"荷尔蒙风暴"，想象着感情的海洋被巨大的情感浪潮所搅动。

随着科学文化的逐步传播，现在这种概念已经越来越为众人所熟悉："坠入爱河与苯乙胺的影响以及多巴胺和去甲肾上腺素的高产量密切相关，且与大脑中血清素活跃程度低有关"；或者像这样："多巴胺发出幸福的信号，其愉悦的效果促进重复经验，这就是为什么对另一个人的强烈依恋度发展，并需要经常听到和看到对方"的原因。从这些概念可以很容易地过渡到杂志和网络上发表的更为激进的综合："我们因苯乙胺而相爱""爱的秘诀在于化学""整个爱情链由化学反应所主宰"。那么，坠入爱河只是一个化学问题吗？

分析不同的化学理论，会发现一些专家主张我们是由于一种叫作苯乙胺的特殊激素而发生恋情的，这种激素刺激了多巴胺的产生，进而引发了甲肾上腺素和催产素的产生；另一些专家则把催产素和加压素放在第一位，然后将催乳素、鸦片、多巴胺和γ－氨基丁酸放在第二位。但无论激素的特性和它们参与干预的顺序如何，关键在于它们如何被激活：因为苯乙胺（假设 A）或催产素和加压素（假设 B）为什么开始增加浓度？除非赋予分子自主决策的能力，否则必须认为荷尔蒙是受外部刺激才产生的，正如通常经历所显示的，因为受到一个人的影响而坠入爱河。但是，在自己身上体验爱情的化学过程的人是如何激活那些荷尔蒙的呢？当爱情没有直接的身体接触时，这个问题就更加真实了。

"爱情＝化学方程式"的支持者用动物世界中发生的配对交尾来回答。在这里，性呼唤是通过嗅觉刺激激活的，而嗅觉刺激是由费洛蒙（又称信息素、外激素）激发的，这个激素由 fero 和 mone 组成，荷尔蒙的缩写，这些物质的功能已经完全被名称的词源解释了。费洛蒙会给激素带来信号，从而刺激生物体的反应。专家称之为"通过尿液或腺体分泌释放到周围环境中的化学物质，这种物质会深刻影响接触者的生理状态，引起特定的行为反应。费洛蒙在动物生活的许多方面起着作用，主要是社会领域和生殖行为"。

因此，费洛蒙是动物为了传递信息而产生的分子，它们在空气中漂浮，直到被另一个生物捕捉到，通过对传递给它们荷尔蒙的信息解密，它们开始变得不同。在动物中，性欲就是这样激发的。专家指出，动物通过嗅觉捕捉费洛蒙，准确地说，是通过一种叫作犁鼻的特定器官捕捉的。

但是，对于动物性吸引力和人类爱情之间的平行关系，以及随之而来的"爱情＝化学方程式"的支持者来说，问题就开始了。事实上，在哺乳动物身上捕获费洛蒙信号的犁鼻器官"只是进化的残留物，没有任何功能价值"。其他消息来源证实，"没有任何科学研究能够证明人类具有其他动物的犁鼻器系统里那样活跃的感觉神经元"。根据一篇专家的文章，"大多数专家都对成年人体内存在功能性犁鼻器官的可能性持怀疑态度"。于是，人类爱情和动物性行为之间的等同性就这样崩溃了，或者说，动物存在以下图式化的化学理论：

A 的费洛蒙→传到 B 的犁鼻器→激发了 B 的兴奋→引起 B 与 A 的交配

对于人类，这种序列不起作用，因为缺少 A 的费洛蒙与 B 的激素汇合的环节，因为我们人类的犁鼻器在胎儿阶段就退化了，在成年人体内处于不活动或完全缺失的状态。

专门销售人类费洛蒙的商业网站的看法却明显不同。其中一篇文章写道："费洛蒙的作用是由世界各地的学者研究和发展的……这些研究证明，人类行为也受到看不见的天然催眠物质的极大影响。费洛蒙在潜意识里影响着你附近的人，他们比平时更容易被你吸引……费洛蒙是由一种特定的器官感知的，即鼻腔中所谓的犁鼻器。这个犁鼻器立刻向控制性行为的那部分大脑发出信号。"接下来介绍的是他们销售的产品及其效果："我们独家制作的费洛蒙制剂会引发一种感官化学反应，它作用于用此产品者身旁人的潜意识。费洛蒙造成信任、放松和自信感，减少了抑制，增加了性欲。对于半径 3 米范围内的个体，其效果最大。在接触后的前 7 秒内，费洛蒙开始影响其对方的行为，30 ~ 60 秒后效果则变得比较全面。费洛蒙的影响在应用后的 6 小时内达到峰值。"对于男性顾客，他们展示一小瓶药液，说这是"人类费洛蒙的复杂混合物，它能向女性明确地传递你优越性的信息"；对于女性顾客，他们就说"这个配方药液会产生强烈的磁性光环，只要你在他身边，男人就会进入几乎恍惚的状态"。

事实上，以费洛蒙为基础的产品的引诱力与普通香水完全相似，所以不能忽视香水具备实际的引诱力，所以化学也就理所当然地属于恋爱原因的分析范围。这是很自然的，因为化学在每一种现象中都起着决定性的作用，包括我此刻正在写这些，质疑人们赋予它的绝对主导作用。现在，在我的大脑里，神经递质与它们在读书时在读者大脑里的运作一样，正在将信息传送到我的神经系统细胞。不过，神经递质和神经元只是必要条件之一，但肯定不足以成为解释写作、阅读和自由思考的唯一条件；没有它们，这些现象都不会发生，但并不能因此而说它们就穷竭了写作、阅读和思考的复杂行为。读了我的这些篇章，有人会说"我喜欢"，也有人会说"我不喜欢"。他们这样做，是由于神经递质在大脑里引起了同样的化学反应，但是，在不同人大脑里的情感和智力反应却截然不同。阅读现象离不开大脑，只是在头脑中真正实现意思的传递。我认为，阅读认知过程的这种考虑同样适用于情爱和爱情的过程，其中无疑有化学成分的作用，但又不能只归结为化学作用。这也证实了北美生物学家布鲁斯·利普顿对我们整个机体的看法："不是由基因控制的激素与神经递质控制着我们的身体和心灵，是我们的信念在控制身体和思想，从而控制我们的生活。"

总之，我们可以得出下列结论：

　　——一个事实是化学介入了人的欲望和爱情的产生；不论我们是否高兴，我们也是动物，从这个角度而言，荷尔蒙和神经递质在我们的性冲动中起着无可争议的作用。

——然而，欲望和爱情并不是从化学角度发生的，否则就意味着摧毁人的自由人格。

——从本质上讲，教人给自己的爱人服用一种经血药水的巫师与把恋爱的过程仅归结为荷尔蒙反应的人之间并没有多大差别；有人卖护身符，说是遵守千年的传统；有人卖费洛蒙药液，说是遵照当代科学的客观数据。而这两种情况的受害者都是有个体意识的自由人格。

11. 爱的多维度性

当一个人坠入爱河时，首先是被另一个人的身体吸引，Ta 的形体、动作和气味都在吸引我们；Ta 独特的嗓音和音调，眼睛的颜色和目中传递的光彩，理好的头发及其营造的氛围，手的形状和动作都令人心生爱抚之念。但是，我们能排除通过躯体表现的心理、性格和气质吗？我相信没有人会支持这种观点，因此，我们不能排除一个人的内在，尤其是 Ta 的价值观和生活方式。身体的表现是包括心理和精神在内的整体人格的直接表现，正因如此，富有人生经验的人，才能够一眼就看穿一个人的本性。

对于那些认为理想的维度在恋爱和爱情中无关紧要的人，我要说：事实并非如此。我们人类是一个非常特殊的主体，有点像一个里面有若干夹层的蛋糕，也有点像在大型仪式上身穿制服的服务员为众多宾客送上的多层蛋糕。我们的构成是多层次的。例如，我们的大脑有三层：最古老的层称为爬行动物大脑层，中间一层称为边缘系统，最后一层称为皮层或新皮层，或者更常见的灰质。但早在神经科学和这类知识出现之前，宗教和哲学传统就描述了智人的不同组成部分并为其编号，人类的组成使其成为所有生物中最神秘的物种：在某些方面，完全与动物世界相差无几；在另一些方面甚至不如动物世界（如残忍、仇恨、幸灾乐祸、诽谤、诅咒、虚伪、谄媚、嫉妒，对地球和其他生物物种的毁灭等）；在某些方面，道德和精神的高度出乎意料地超越了动物世界，进入到一个超乎生理需要的逻辑支配的维度（如果有人想要这方面的例子，那就想想甘地、奥斯卡·罗梅罗、纳尔逊·曼德拉和昂山素季）。那么，人是什么呢？对于理解构成人类最强烈体验的恋爱和爱情的本质，解答这个问题至关重要。

为了简化起见，我在这里仅限于经典的三分人类学，它将人类现象分为三个密切相关但质量不同的维度：身体、灵魂、精神。从这一角度出发，古代人就几乎一致认为，我们每个人都有身体——物质，灵魂——心理，还有精神——自由。身体参与人体的物质维度，在人体中，它是由生物化学化合物（蛋白质、糖、脂肪、核酸）为基础构成细胞、组织、器官、系统的整个生物体；我们通过灵魂参与人的心理维度，表达人的情绪、感情、恐惧、激情；在精神上，我们参与存在的理想维度，追求人的道德、审美、政治价值、精神，以及如何以自己的方式自由塑造自己通常被称为的精神维度。

我们再回到恋爱及其组成这个问题上，我认为，很明显，如果是一个人仅仅坠入爱河，对于 Ta 而言，精神维度不会发挥任何作用，因为它既不会培养也不会寻求，荷尔蒙在 Ta 身上的作用几乎是压倒性的，因为只有心理的追求和身体的愉悦才最为重要。相反，如果是一个人正在恋爱，精神层面的伦理价值、审美标准、社会和政治取向等方面发挥着重要作用，荷尔蒙的作用将一直由意识和负责任的评价能力来调节。

总是这样吗？不，很明显，情况并非总是如此，我们都目睹过那些有责任心和精神价值意义的人突然"失去理智"的案例。但在这些情况下，当突如其来的激情压倒甚至消除了长久的理智，与其说是恋爱，不如说是迷恋或痴迷。这个区别很重要，我下面就来谈一谈。

12. 迷恋

需要把恋爱与现象相似但本质完全不同的迷恋加以区分，我们称之为痴迷、迷恋或盲目的激情。

恋爱和迷恋之间的区别在于受到"电光"冲击影响的身体部位。在萌生爱意时，它触及传统上称作心的那一部分，再从那里扩散到身体的各个部分，想象自己就像在梦中被绑架，开始理想化和焕发（对与爱情有关的焕发，我稍后会讲到）。迷恋涉及的头脑部分则与萌生爱意时的那个"心里"完全不同，那里发散出来的欲望叫淫欲、色欲，它涌出的能量也刺激肢体各部，特别是口、腹、手，当然还有生殖器官。其结果就是宙斯对赫拉所说过的，这种欲望在胸中燃烧，令人丧失理智。

恋爱中的人能改变所爱的人的整个人格，而迷恋中的人，则只能增大对方的情欲。恋爱中的人生活在一个光明的、近乎甜美的精神氛围中，浮现出的是悠扬的声音与柔和的色彩；迷恋中的人生活在一种模糊的心理氛围中，其中产生的多为不和谐，色彩时而火热时而阴暗。恋爱中的人倾向于将爱人升华，视之为一个高贵的近乎天使般的存在；而迷恋中的人则对自己激情的对象只怀有一种失控的淫欲，远远超过对方的激情，即使所有的表象都证明相反。(所以奥维迪奥说："如果她表现出萨宾女人的严厉和强硬，我就认为她是充满欲望，是从灵魂深处假装出来的。")就像温柔新体诗那样，恋爱中的人用甜美、深情，甚至高贵庄严的称谓称呼他的爱人——夫人、主人、圣母；而迷恋的人则用庸俗的称谓称呼其激情所付的对象，这些称谓首先只在孤独时的心中形成，然后在占有对方的那一刻明确地叫出来。

恋爱和迷恋的区别，表明了以相同的爱情之名所表现出的不同现象之间的巨大差距，这就是为什么爱情成了我们语言中最为模糊的术语之一。

13. 性爱追逐

"因为她毫无获胜愿望似的抗争，所以在自己的帮助下让对方毫不费力地战胜了她。她就在我眼前，没有面纱，身体无瑕：我看到和触摸的肩膀与胳膊是多么的美！像是专为爱抚而生的柔美的乳房！还有完美乳房下的腹部是多么光滑！臀部好大好漂亮！她的大腿多么年轻！为什么要报告所有细节？我没看见任何不值得称赞的东西，就光着身子让她紧紧贴着我的身体。谁不知道接下来会发生什么？之后，我们俩都累坏了。这种事情经常于下午发生在我身上！"

这就是男性色情理想的下午、晚上、深夜，甚至一整天，充满了奥维迪奥描述的这类时刻，并尽可能多地经历如此时刻。在西方，这类色情愿望的最著名说法，就是性欲成为猎人，女人成为猎物。下面的歌词就表达了这种情况（很多读取下面歌词的人会听到与之相关的音乐）：

　　　　夫人，这就是我的主人所爱美女的名单；

　　　　就是他做爱经历的记录。

　　　　您看，跟我一起读吧。

意大利六百四十，

阿尔马尼亚（德国）二百一十三，

法国一百，土耳其九十一，

但在西班牙已经一千零三！

这些人是农妇，女仆，市民，

男爵夫人，公爵夫人，公主，

是阶层、形态和年龄不同的女人。

　　这就是莫扎特最著名的咏叹调《唐·乔瓦尼》。我们在第二幕中，唐·乔瓦尼·特诺里奥的仆人勒庞被他的主人留下来面对埃尔维拉夫人（咏叹调开始时称的 MadaMina），她爱上了唐·乔瓦尼，要求做出解释。而勒庞想让她知道事情的真相："哦，您自我安慰吧！不是您，您不是，绝不是第一个，也不是最后一个：请看这本小册子（上面写满了美女的名字：每个别墅，每个村庄，每个国家都能见证他在女性上的事业）。"接下来就是我上面引用的名单，它构成了"唐·乔瓦尼真正的史诗"。

　　具有讽刺意味的是，唐·乔瓦尼的神话在一个半世纪前出自一位宣誓坚守贞洁的作家——西班牙人提索·得·莫利纳，他是教会的神父，戏剧作品《塞维利亚骗子与比特拉的食客》1625年在时为西班牙统治的那不勒斯首次上演。后来被很多作家和哲学家引用，包括对此进行了深刻反省的索伦·基尔库克，但莫扎特的音乐却使这个人物获得了最大的成功。

还有一位令人难以抗拒的魅力人物，这次是历史上真实存在的，不再只是文学人物。他叫贾科莫·卡萨诺瓦，1725 年生于威尼斯，凭借他为利于流传而用法语所写的自传 *Mémoires écrits par Lui-Même* 的文学技巧而出名，书中讲述了自己征服众多女性的成就。卡萨诺瓦认识莫扎特，与洛伦佐·达·彭特交往，观看了唐·乔瓦尼的演出，所以不排除他在自传中汲取了唐·乔瓦尼神话的灵感。但唐·乔瓦尼和卡萨诺瓦只是男性形象的两个代表，他们自己就是并造就了不少放荡汉、采花盗、情场高手、花花公子、万人迷、拉丁情人、嫖客、风流公子，也表现出了每个男性或多或少内心梦想过交桃花运，有几番艳遇。

宗教也反映了这一点。我不仅指希腊神话奥林匹斯山的宙斯和其他诸神的众多爱情，也指国王大卫和他儿子所罗门王等伟大的圣经人物，这些人物不仅就军事成就和统治能力而言具有历史意义，而且在精神上也很重要，因为传统认为 150 首诗篇的大部分是大卫所写的，而所罗门所写的有《圣经》中的《箴言》《雅歌》《传道篇》《智慧篇》（虽然诗篇和书籍并非真能追溯到他们二位）。《圣经》告诉我们，大卫有八个妻子和几个妾，他还与一个名叫伯沙贝拉的女人通奸，并用欺骗手段杀死了她的丈夫——一个名叫乌利亚的外国雇佣兵（《撒母耳记》）。因为这一切，大卫才大大低于所罗门的业绩。所罗门"在法老的女儿之外，又宠爱许多外邦女子，就是摩押女子、亚扪女子、以东女子、西顿女子、赫人女子"。《圣经》说："他娶了七百个公主为妻，娶了三百个妃嫔。"因此，性征服者的神话似乎并不掩饰任何男性权力的表现，也不掩饰唐·乔万尼任何男尊女卑的宗教伦理的表现（我最大的乐趣就是欺骗一个女人，并使她声誉扫地），也不掩饰国王、全知者和先知们这方面的表现。

现在的问题是，这个名单的色情理想使爱情成为狩猎游戏，使女人成为猎物，除了尝鲜求新之外别无其他目的，结果是使性欲永不知足。在历史上，我没有来自女性方面的这类数据，但随着风俗的巨大变化，如今也成了女性的一种理想。我不是想说女性的平均爱情故事是否比过去更多（毫无疑问，因为男性爱情故事也更多），她们是否也像猎人一样生活而不再只是简单的猎物（其实历来都有这类情况，不管男性有多么高傲）；我在想，以那个名单长度为唯一目的的色情理想，一次性赢得对方的梦想，自己喜欢什么就夺取什么的武士的神话，尤其是对方的肉体，这些也都变成了女性的色情神话了吗？也许我错了，但我的答案是否定的，并非因为我掌握了最新的社会学数据，而只是基于我的直觉。我很清楚，有些女性反过来追求唐·乔瓦尼神话，并打算通过更大的决心实现权力和征服男性的理想来表现她们的最终解放。然而，在这样做的过程中，她们仍然是自己一心想要克服的那种依从他人的受害者，这种精神依从可能比过去的经济依从更加危险，并且构成了一个陷阱，我认为大多数女性都应该警惕这个陷阱。今天的女人肯定会经历更多的爱情，而且一直就是猎人

（《选择的女人》，早在 1843 年克尔凯郭尔就写过），但女人对爱情的整体态度并不是由数量决定的，对女性而言，一个猎物不等同于另一个猎物，征服一个对手后不会马上转向另一个人，而是为了长时间保持她激情所付的对象。

14. 娱乐年代的爱

　　我们生活在把系统的高娱乐、休闲和消遣当作人生意义的时代。如今的存在最终是为了度假，把度假作为满足欲望的条件。这种渴望休假的想法是顺心而为，度假时没有了平日的工作，只是要得到一切能够激发自己情绪的东西，究竟是笑声、眼泪还是恐惧都无所谓：重要的是能够正常地从被跨国媒体行业所主导的电视剧中获得这种情绪激发，以便尽可能广泛地分享情感而不再感到孤独。假期、电视剧、虚构——以影像维系的生活，必然会留在表面，形象而肤浅。

　　我认为，我们只有通过沉默，才能达到最深层次的存在，因为只有沉默才能让我们深入挖掘内心。然而，今天，在充满娱乐的时代，做到沉默的可能性也受到了威胁，因为思想不断被大量的音乐、图像、笑话和商业广告所绑架（也就是说，被连在了一起）……现在，沉默和冥想在我们西方大市场中受到了致命的伤害。那么，爱情在娱乐时代又会怎样呢？

　　我不希望这些话被解释成对过去的赞扬，因为过去总是被理想化了。我注意到每个有思想的人对自己时代的批判，本能地觉得自己生活在一个没落的时代。比如，柏拉图这样描述他同时代的人："他们类似于一群羊，眼睛总是向下，埋头吃着食槽里的食物，吃得长膘，再进行交配。就是由于这种贪婪，羊群中的羊相互踢腿顶角，用各种方式彼此攻击，沦为自己永不知足的贪欲的受害者。"然而，我觉得，在我们这个时代，精神生活受到前所未有的威胁，而真爱的可能性的条件也同样受到威胁。从前，一代一代的人，孩子们都听着神灵、英雄、《圣经》、圣人的故事，作为激励自己存在的榜样；然后，就是哲学家、革命家、作家们的时期，让人成为有理想有主义的人；而今天呢？今天是笑星、演员、歌手、体育明星的时刻，都是娱乐圈的人，因为娱乐才是真正的神，当你说一件事或一个人有意思时，都会给予最大的赞赏，并允许和原谅他们身上所发生的任何事情。但爱情可以变得有趣吗？

诚然，爱情和性结合中也蕴含着一种游戏、优美、轻松的感觉，但这并不是它的主导方面。尽管笑容是一个重要的魅力元素，但在爱情中，严肃性是至高无上的。你不能笑着做爱。你不能，因为笑就意味着脱离当时的情景，意味着掌控局势的能力，让它产生意想不到的联系和意义。而性体验是如此的强大，以至于它完全占据了性交中的人的心灵，从而阻止其脱离那个情景，进而阻止了笑的可能。人可以笑着开始做爱，可以继续微笑，但随后，微笑就不可避免地消失，以便为那些完全的投入，更确切地说，为参与者即捕获者的激情严肃性留出空间，留出一个更大的体验空间。与把自己完全交给对方的身体和性格相触，打翻了自我始终掌握情况的愿望，因为作为无忧无虑的享乐主义的性结束了，而支配他人身体和感情的想法本身就背叛了两人身体结合内在的严肃性和奉献精神的内涵。也许正因如此，享乐主义的表面远远不是幸福的源泉，而只能导致所有所谓放荡者都陷入那种无聊的心灵困境。卢克莱修斯对此是这样描述的："他们给客人准备了华丽的桌布和美食、游戏、不讲节省的酒杯，软膏，化妆的油彩和花环，但却都没有用，因为在欢乐的源头却有鲜花丛中的焦虑之苦。"当我看到保罗·索伦蒂诺的电影《绝美之城》时，这些古老的话语就浮现在了脑海中。

卢克莱修斯所描述的是少数特权阶层，而如今在西方社会已经成为大众现象。随着人类将人的存在解释为以娱乐和休闲为目标，享乐主义就统治着一切，最常见的情况就是成千上万的电影、歌曲、小说、电视节目和其他形式的表演来正常提供色情维度的表现。当然，我们这个时代不乏崇拜时代偶像的哲学家和心理学家，但他们表达的是这样的观点：爱情只是一个生物学的事实，一个化学的问题，是在没有巨大的道德冲突情况下求得满足的需要，重要的是满足人的生性。于是就突出渲染了一种女性的模式，优雅但玩世不恭，把美丽的外表当作个人人格的重点，生活在诱人的美丽梦想中，并能够引诱对方陷入迷恋。与此同时，有一种相应的男人模式，越来越轻浮、虚荣、愚蠢、喜爱奢侈和高雅，还必须讨人喜欢。女人和男人的唯一目的是在他人的眼中光彩耀眼，却完全没有丝毫要保护自己内心的光芒，以便在良知的眼中闪耀光彩。到处都有数不清的唐·乔万尼的追随者，包括女性版的，司汤达写道："在生活的大市场上，他是个一向都只是索取从不付钱的无良商人。"

所以，今天大家都说爱情，但大多是指迷恋而已。人们互相引诱，却不知道爱需要我们先作用于自身，准备好爱情所需要的我们的身体和灵魂上的高贵。需要通过平衡的方式滋养并保持身体健康，用同样平衡的方式来滋养灵魂。存在身体的卫生，但同时也有灵魂的卫生，它要求我们必须像淋浴一样保持清洁，与我们抹乳霜、喷香水一样散发香味，怀有与吃披萨饼或奶酪面包相同的热情。只有这样，通过这种宝贵的内在工作，才能体会到生命中所蕴含的并在爱情中实现的巨大财富。

我再补充一点关于所谓的多极爱情，有点丑陋但至少是逻辑清晰的新词。它指的是泛娱乐时代越来越普遍的理论，即只要所有相关人物之间完全透明和对等，同时多人的性活跃的爱是完全合乎道德的。在不进入伦理判断的情况下，我仅以实际考虑为基础来表达自己的困惑：我认为，这个理论并没有考虑到，每一个真爱自身就要求的绝对性，它必然伴随着由爱而生的嫉妒心。如果过分的嫉妒是一种值得提防的病态，同样真实的是，倘若完全没有要自己所爱的那个 Ta 只能属于自己的那种绝对性，在我看来，就已经相当清楚地表明了缺乏真爱。你可以谈论彼此的吸引、好感、深情和温柔，但绝不是萨福所说的绝对激情。《雅歌》中的女人说："我的爱人是我的，我是他的。"所以爱情会被改名为多极爱情。更确切地说，多极的爱是复数的爱，因为这样的理论与爱情的独特性没有多大关系。

15. 恋爱的转变

在讲述我第一次的少年恋爱时，我提出了一个通常所说的一见钟情的案例。你可以正确地反驳说，大多数情况下不是这样，因为恋爱不是瞬间的事，而是一个涉及相识和交往程度逐渐增长的过程，有时甚至在坠入爱河之前要与同一个人交往多年。这是一个有根据的反对意见，但我仍然相信，只有当有一个真正的新情况，一件不曾料到甚至有点痛苦，意外且不愿发生的事情，特别是使自身存在发生动摇和革命的情况下，人们才可以合法地谈论爱情。你以前可能见过你爱的人上百次，但只有出现一种前所未有的现象时，你才会有一见钟情之感，那就是你抓住了一种新的东西，第一次看见了接触很久却从未感受到的东西。这才是真正的第一次所见。

这种第一次所见就是一种转变。事实上，在恋爱中，你并不是把物质上看到的东西视为现实，而是把它变成了理想，从而具有了吸引你的魅力。恋爱是对现实的转变，所以它和艺术非常相似，而艺术是对现实的转换。想想乔托在帕多瓦斯克罗威尼礼拜堂里画的星空或者梵高在其《星空之夜》画的星空：它们和我们每天晚上看到的天空有什么关系？想想图标的脸：它们和我们在街上或家里看到的人脸有什么关系？想想文艺复兴时期的绘画，它除了面部外，还使风景、衣服甚至石头理想化；还有在伦勃朗画中的室内，那种柔和的近乎神秘的光线；或者康定斯基、蒙德里安和克莱尔的抽象主义，都和日常生活的真实有什么关系？

艺术完全靠改造现实生存，当它描绘毫无魅力的物体时，就会将其变形，比如贫穷的农民吃土豆，甚至有点让人恶心的破衣烂衫，梵高就是如此操作的。但更真实的究竟是平常的冷漠目光，还是艺术变形了的热切目光？

让我们来看看人物肖像。伟大的肖像不像证件照片那样只是一个人在日常生活中模样的再现，而是对人物内心生活的一种深刻解读，是对其最隐秘的内心世界的表现，所以肖像善于超越表面现象，到达普通人的目光无法到达之处。

你还会想到诗歌，它与日常语言如此不同，它的特殊结构和不按常规的标点符号，也使它不同于散文。反过来说，如果不是变形的语言，诗歌是什么啊？音乐也存在于相同的运动之中，因为它是旋律和节奏的结合所产生的声音，在普通生活中大多是无人知晓的，而且随着音乐制作的规模越大，与习惯的声音体验之间的距离就越远，甚至达到音乐艺术的顶峰，这种强烈的转换，令人感觉被带入了另一个维度（约翰·塞巴斯蒂安·巴赫的恰空舞曲 BWV1004 就是一个例子）。摄影和电影也是如此；这里也一样有将真实世界加以转换的逻辑：塞巴斯蒂安·萨尔加多拍摄的照片所显示的要比普通人看到的东西更多；还有伟大导演的摄影，我想提的是埃曼诺·奥尔米，由于他与我精神上的接近而把我和他联系在一起，他让世界显现在意想不到的光线之中，有时还会让人感觉跨越了梦境。各种形式的美学创造了美，因为是按照变形的逻辑再现了真实。

正因如此，恋人们才把艺术当作自己内在的需要来追求。所以，总是被控制的人会写或读一些诗句，用不同的眼光看绘画，不是欣赏绘画的技巧或颜色，而是在画中审视自己；他们自己孤独地听音乐，让旋律进入心灵深处，抚平爱情经历的创伤，时而痛苦，时而快乐，但总是受伤。

爱情中的变形永远不会停止，这种变形也伴随着成熟的爱情，当出现老年皱纹时，在爱 Ta 的人眼中看来，就会获得不同的价值，就像伦勃朗画中的老人的面孔一样，有着许多年轻青涩的常规面孔所无法比拟的更柔和、细腻和深刻的美：艺术善于将物理上的衰败、痛苦、疾病、折磨、贫困进行变形。爱情也是如此。卡尔·亚斯贝斯写道："记忆存在于一生的表现中，作为回忆对象的年龄之美中远不止青春。"索伦·奥贝·克尔凯郭尔下面的说法也有此意："女人是在岁月中变美的，但只有爱她的人才看得到这点。"

艺术家变形，爱情中的人喜欢变形，这种特殊性也使艺术和爱情为自身带来很大的危险。比起普通人，艺术家能看到更多，但这种能力有时会使他走上不切实际的道路，最终陷入孤独的自我膨胀。同样，那些爱情中的人也可以更深入地看透所爱之人的内心，但这种与爱相关的能力有时也会导致 Ta 看到本来没有的，而看不到本来有的。因此，艺术的伟大就在于变形，但其局限也在于变形；同样，爱情之伟大与局限也都在于变形。

对这两类人来说，最大的潜在危险是逃离现实，产生一种以抽象为目的的逃避之心，也就是完全等同于分心。事实上，很多所谓的艺术作品，很多所谓的爱情，都只是程度不同的分心。而真正的艺术和真爱的伟大，就在于能够挖掘到现象的表层之下，获得最内涵的真相，它与只是停在事物表面的目光所见绝不相同。

通过变形，伟大的艺术能够超越表面，把握住驱动所观察到的现象的真正动力。变换一下，真爱善于超越每个人日常戴的外在面具，抓住爱人最深处的本性，这一切都是 Ta 渴望给予和接受的爱的方式，这才是每个人脉动的最终核心。因此，由于两者的改造能力，既可以谈论艺术，也可以谈论爱情，揭示现实：在充分的参与之中，揭示神秘的真实之深处。

16. 至高无上的幸福

当炼金术成功时，也就是当一个人自由地将身体和灵魂与另一个人的身体和灵魂联系在一起时，另一个人自由地做出回应，把自己的身体和灵魂与对方连为一体，达到了一种和谐与充实的境界，生活具有了喜庆的特征，生活本身就变形了。在星期天清晨的阳光和宁静中体验到这种心灵迷人的平和状态。如果将人生比作一个总谱，所做过的爱就可以标出"欢快"的音乐符号，而初入爱河则应是"相当欢快"，终于回到家踏实下来的心情则是更为微妙的"中速的欢快"。

那些爱着对方并知道自己被爱的人，感受到一种无法抗拒的甜蜜，伴随着一股从内心深处涌出的能量，根本就不想在任何地方和任何他人在一起，感受到自己终于到了正确的地方，忘掉了那种曾经困扰过自己生活的被疏远和被放逐的感觉。正如夏尔·波德莱尔在《巴黎的忧郁》中把人的生活比喻成一家医院，住院者没有一个愿意躺在那里的床上，总是想换个地方住。相反，在实现的爱情中，两个人都完全满意自己所处的位置，不想再去任何其他地方，也不想改变什么，甚至不想停止时间的流逝，因为和心爱的人一起看时间的流淌是美好的（不再想时间停止可视为令人超越时间的唯一途径）。爱情达到了无声的和谐幸福。

能实现的爱是人类所能体验到的极致的幸福，这种幸福并不像福音书中写的那种可以推迟到未来的幸福，而是从沉浸在当下更深的现实中产生的。在这里，幸福体验于当下，就在于进入平时意识里未知的生活深度，表现为使脸上光彩洋溢的那种始终都在的淡淡的微笑。

在完全的爱中，实现了这种充分的和谐，体现在所有所谓的超越体验者都处于其最高表现。对于经院式哲学，"超验主义"是指每一个实体本身的存在而拥有的那些特性，即存在、统一、良好、美丽（即五个特性的相互一致）。在完全的做爱中，这五个超验主义特点都完全实现了：在两个爱人的面部和身体的魅力吸引所引起的美好；在说"我爱你"时的甜蜜温柔对内心的益处；由拥抱所产生的心理共鸣；因为当我们从多重的爱走向单一的爱情时，那些大大小小的谎言、虚伪和掩饰都像雾一样消失在真实的阳光之下；最后，就是生活的圆满造就的幸福。

在完全的爱中，目光也发生了变化：在诱惑中，目光是麻木的，他只想把对方引向自己，捕获对方的身心；恋爱时的目光是凹透镜式的，即形成一个巨大的凹，毫无设防地接受对方，目光全然开放，天真无邪；在完全的做爱中，目光是直视的，看得见所有的一切，温柔地落在每一个细节上，仿佛是冬天里的一个拥抱，或者一条御寒的围巾。事实上，在这个经常都很寒冷的世界里，只有爱情才能激发生命的能量，为生活带来喜悦和生命的赞歌。

古代的浅浮雕一直对我颇有魅力，丈夫和妻子彼此相依，以某种方式见证着已经在这里穿越时空的二人的心灵结合。有一个古罗马的墓碑，大概是年轻妻子墓葬的一部分，她丈夫让人写道："美姬更胜我。"也就是说，"她比我更爱我"。

埃乌杰尼·奥蒙塔莱为新近去世的妻子写了一首题为 *Xenia* 的诗：

> 我手臂交给了你，走下来至少一百万级台阶，
> 现在你不在了，每一级都是空虚。
> 即便如此，我们的漫长之旅还是如此短暂，
> 我的旅行仍在继续，而我不再需要
> 衔接，预定，
> 以为眼见为实者的陷阱和羞辱。
> 我走了数百万级台阶，手臂交给了你，
> 并非因为四只眼睛可以看得更清。
> 跟你走的台阶更多，是因为我知道，
> 我们两人之中唯一真正的瞳孔，虽然黯然失色，
> 却属于你。

我第一次读这首诗时才二十岁，马上就记住了它。我认为它是最美丽的爱情诗之一。对于我来说，无论是年轻的还是成年的夫妻都很吸引我，在我看来，没有什么能比两个一起度过一生的老夫妇更能引人注目了，就像达里奥·福和弗朗卡·拉梅（结婚59年），诺贝托博比奥和瓦莱莉雅·科瓦（结婚58年），桑德罗·佩尔蒂尼和卡拉沃尔·托利纳（结婚44年），费德里科·费里尼和朱丽叶塔·马西纳（结婚50年），卡洛·阿泽利奥·钱皮和弗兰卡·皮拉（结婚68年）。在某些情况下，两个配偶的体貌都达到了相似，因为他们的心灵交织在了一起。

17. 我们爱对方的什么

"她穿得时髦吗？不，先生。她穿着丝袜吗？她没穿。去理发吗？不去。但是，全身那几块骨头都按照应有的位置拼合着，那双眼睛，那身皮肤，那种热度……难道不是什么吗？您看不到吗？她就是我的女人。"爱德华·德·菲利普的这番话让我感到有点惊讶，同时也总是打动着我，这番话能够完美地表达出我们爱一个人时那种独特的内心选择的奥秘。

但是，我们爱的是我们爱人的什么呢？身体？性格？思想？当然，身体起着至关重要的作用，但身体的哪个部位？眼睛，手，头发，胸部，腿部？身体总是一个活生生的身体，里面蕴藏着一种性格，一种人格，一种特定的能量，这些驱动着身体以自己的方式运动，自我展现，举止言谈。我们先看眼睛：无论形状和颜色如何，眼睛可以是冷的，不是很亮，甚至是暗淡的，或者是光彩照人的。再看声音：有些特别漂亮的人，一说话就会破坏一切，与其说是因为说话的方式，不如说是其所说的话；相反，有些人乍一看并不漂亮，但是当 Ta 开口说话时，就会让人发现 Ta 内心的丰富，使 Ta 具有魅力，引发他人的激情，这时更重要的是 Ta 的语音语调而不是其内容，因为声音和音调显示的是此人内心人格的奥秘。

待人处世、言谈举止、志趣爱好、学识风度、眼神语气等，那种完全与穿着无关的内在优雅，总而言之，就是优雅；在我看来，这才是一个人真正的美，外在与内在结合，身体是心灵的体现，而心灵是身体的体现。但丁在诗句中歌颂自己女人的美貌时，渲染的是她的善良和诚实："我的女人，当她与别人互道问候时，显得如此善良和诚实。"这位最伟大的诗人曾在此诗之前说过"诚实而温柔的甜蜜"，从而定义了属于人类的真正的美，就是由身体之美、智慧之光和内心之纯净的和谐的总和。

今天，人们很注重对身体外在的美的培养，这样做很好，是正确的。早在古希腊，人们就认为，如果不爱护身体，包括有规律的训练，就无法照顾心灵。但我认为，现今的很多时候，人们忽略了内在美，忽略了优雅这一人格最宝贵的特质。这就回避了古典美学的一个大课，按照古典美学，美从来不能独立于心灵的真和善而存在，也就是说，人的存在，不能不真实，因为心灵渴望真理和真诚。即使外表很漂亮，但内心昏庸甚至腐败的人，在智者的眼里，不和谐的特质会显露得很明显，有时甚至眼中会露出那种邪恶的目光，也会有民间传说里女巫的那种恶毒刻薄的声音。

白雪公主永远比邪恶的王后更美丽，因为没有善良和真诚就无法达到人类所能实现的完全的美。黑格尔说："美只是一种真实的外在化和表现。"对于托马索·达奎诺来说，一个物体必须有三个内在的特性才能变得美丽：明白（聪明）、整体（与其想表达的思想相对应）、比例（体现和谐）。对于绘画或建筑学适用的原则，同样适用于一个人：没有明确的思想和理想，没有完整的道德，没有内在和外在之间的和谐比例，一个人就无法实现充分的美，这种美是 Ta 的思考和意志的本性所召唤的。

那么我们爱的是我们爱人的什么呢？我们喜欢那个人在我们眼中所表现出的一生承诺，我们喜欢那个人在我们内心深处奏响的存在的音乐，我们喜欢的是通过 Ta 可以看到可见的外在美和不可见的内在美。两者有时同时存在，有时也不兼有，就像前面提到的那个年轻女人，她穿着不时尚，不穿丝袜，不去美发，看上去是凡人一个，但是对于她的爱人而言，她就是他的那个她。

18. 从爱的人的角度看待爱

现在，我将试着整理出一些以爱为名的迷雾之下的种种现象，这个词模糊不清，因为它既能表达毫无忌惮的纵欲，也能表现最严苛的禁欲主义，以及在这两个极端之间的很多不同程度的爱。我前面提到的恋爱和迷恋的区分构成了学术词汇中被称作主体方面的区别，从这个角度看，爱情是如下分类的。

爱情经历表现为经历者的以下三个基本模式：

身体的吸引＝色情之爱（eros）

情感的吸引＝感情之爱（philía）

精神的吸引＝精神之爱（agápe）

为了表达这些区别，希腊语创造了上述三个术语。eros 的意思在现代语言中保持不变，无须解释；philía 是最完美的个人爱情形式，它把两个灵魂融合在一起，因为是平等的爱，所以通常被翻译成"友谊"，但只是表达了其中的部分内容（人们可以在旁边加上"结盟、沟通、亲热"等词）；agápe 是慈爱，首先是父母对子女的关爱，其次是子女对年迈父母的关爱，然后还有广义的博爱、慈善，拉丁语caritas说的就是爱心。

　　这些不同类型的爱取决于人类的多面性，是根据爱情所涉及的维度大小形成的。当我们的能量仅在身体这个层面感受到不可抗拒的吸引时，我们的爱就是性爱，色情的爱；当我们的能量感受到心理层面不可抗拒的吸引时，就是感情的爱，浪漫的或情感上的爱；当我们的能量在精神层面感受到不可抗拒的吸引时，就是精神上的爱。但是，这种分类并不一定是僵化的，因为人是一个复合物，需要用不同的词语恰当地描述我们的不同存在方式，人的爱情体验是受到全面的、无处不在的多重吸引和刺激的。即使是只专注于肉体的eros，也牵涉到一种情感的因素，这就与情感的philía有关；同样，在纯粹精神的agápe中，也总会牵涉到一个唤起性欲的身体成分和一种情感的心理成分。至于所谓的友谊这种特殊形式的关系，在希腊语的philía中，尤其是异性之间的友谊绝非偶然，都必然牵涉eros成分，尤其是在青春期，可能会嫉妒男性或女性朋友。

　　在真爱中，在这个完全改变一个人的生活，全部重建一个人的综合现象中，构成一个人的所有部分都涉及其中。只想着一种精神上的爱不够人道，它使人生命的丰富性变得贫乏；而同样，如果只有色情之爱，与感性和精神脱节，也剥夺了人体表现和需要的生命丰富性。事实上，人的身体永远不仅仅是一个躯体，它始终是一个人具有品格、自由、个性的身体，所以把人缩减到仅仅是其身体，则意味着贬低对方和自我。

三个维度之间永远不会有明显的区别：没有人能说出哪里是身体之爱的终点和心理之爱的起点，哪里是心理之爱的终点和精神之爱的起点，因为鲜活的人是统一的，在人做的每个手势、说的每个字或每次保持的沉默中，每一个维度总是在发挥着作用。但是，人是一个复合单位，而不是单项单位，有时在做一种手势时，精神维度占主导地位，而在做另一种手势时，身体维度占主导地位：例如，女人对恋人的吻，女人对丈夫的吻，女人对情人的吻，女人对孩子的吻，它们都各不相同。因此，必须区分人存在的独特性和统一性的不同维度。

鉴于这些区别以及它们之间关系的交织，我认为爱情会产生以下几种可能性：

——只有肉体的吸引：色情之爱。

——身体和心灵的吸引：感情之爱。

——身体、心灵和精神的吸引：完整的或全面的爱。

——只有心灵的吸引：浪漫的爱，也称柏拉图式的爱。

——心灵和精神吸引的爱：理想化的爱，典型的伟大友谊。

——只有精神吸引的爱：博爱，典型的宗教生活和社会承诺。

——精神和身体吸引的爱：只在理论上有可能性。

在人们体验的这六种爱情中，我深入分析了三个主要模式：色情之爱、感情之爱和全面之爱。

色情之爱靠魅力吸引，既然如此，就对多人的相逢全然开放，实际上可以说永远不满足的欲望使人倾向于无限的追求。皮耶罗·马蒂内蒂对此写道："大多数男人追求性满足，因此不是找一个女人，而是找女性来满足。任何一个女人，只要能激发其性欲，就与其他女人一样，所以，这类男人很容易在妓女身上得到满足。"这些话可以追溯到 20 世纪 30 年代，但毫无疑问并没有失去其现实意义，因为社会中男女角色的差异越来越小，这种潜在的追求无限性欲的趋势已经开始影响到女性世界的不少人，尽管存在着差异，但有时候情欲的激情会让男人或女人失去个人尊严，成为他人身体的俘虏。其实，欲望使头脑迷蒙，只要能满足性欲，不管什么都做得出来。但是在头脑清醒时，可以看清是谁令自己处于俘虏状态，这时就会把自己激情所依的对象视为仇敌。对于这种浪漫爱情的维度，卡图洛写下了这些著名的诗句：

我恨，我爱。你问我理由吗？
我不知道，发生这种事，经常折磨着我。

几年后，奥维德又重新回到了这个话题：

> 一方面是爱，另一方面是恨，两者在斗争，在我脆弱的心里注入了相反的感情……我逃避你的邪恶，但当我逃避时，你的美使我退缩了脚步；我讨厌不道德，但我爱你的身体。所以我既不能和你一起生活，又不能没有你，而我觉得对我究竟想要什么都不清楚……你的行为值得恨，但你漂亮的脸蛋惹人爱。

当欲望只集中在一个人身上而排斥其他人时，就诞生了感情的爱。但是，这种排斥不仅影响到其他人，而且往往影响到其他事物，包括社会层面及其正义、生态、团结、文化、和平等理想。感情的爱只知道自己爱的人，靠自己创造温柔或激情的能力生活，而人存在的最终标准始终只有自己爱的人。这就是为什么它经常引起情绪的大幅变化，有极大的喜悦和突然的兴奋，也有强烈的痛苦和突然的沉默，几乎没有真正的理由，因为每件事都可以说是引发喜怒哀乐的原因。感情上的爱往往会沦为奴役，也就是说，生活在这种爱情中的人会为所爱的对方牺牲自己的尊严，而意识不到对方只是在玩弄自己，甚至利用自己的情感来获取自己拥有的最宝贵的东西，不管是经济资产、关系，还是知识，像榨柠檬汁一样榨取自己，使自己在世人面前显得可笑。但是，往往感情的爱到了头脑排他的程度时，就成了盲目的爱，或者说是 Ta 自己认为的爱，变得看不到任何一个人第一眼就能看清的东西。这种盲目性取决于什么呢？因为这个人从未超越其存在的情感－情感层面，因而忽视了精神层面，也就是自己自由的可能性。

当身体和感情的吸引都被更大、更高、更自由的维度所控制时，就达到了精神的爱，此刻就能管理自己爱的体验中固有的依赖。进入这个维度，人就有机会居高临下地看到自己和自己所爱的人，就能纠正自己和纠正对方。每个人的内心都有一种力量，能够战胜反复无常任性的爱的感情，这种更高一级的力量就是精神。它不是色情和感性之爱的敌人，而是它们最宝贵的盟友，因为它能使人摆脱那些爱情所含的破坏性和自我破坏性的负能量。

精神之爱是爱另一个人的灵魂、内在个性及其自由；会让人去质疑，去更新和净化自己，同时也会去质疑、去更新和净化对方。爱对方，但是在真理、正义的阳光之下爱 Ta，有时甚至违背自己的感情。把对方当作一个人，而不是当作偶像去爱。

只有完整的或全面的爱，才能做到性欲、感情和精神的结合，构成爱情的成熟。这些维度之间的任何对立都是有害的，而它们之间缺乏区分也一样有害：人必须善于区分，同时协调它们。

19. 从被爱者的角度看待爱

除了从爱的主体及其参与度获得的区别之外，还可以从爱的对象方面对不同类型的爱进行分类。事实上，只有感受到不可抗拒的吸引时，才可以谈论爱情，在这里人体验到的吸引力，不可避免地是按照爱 Ta 的人的模式和生命能量来品味，因此，被爱的对象决定了爱情的种类和质量。

这是一种普遍的意识，多少世纪之前便已经得到过证实。佛陀教导说："僧侣们，任何一个僧人所思所虑的任何事情，都会成为他的心理定式。"耶稣说："你的财宝在哪儿，你的心也必在那里。"（《马太福音》）马可·奥雷利奥写道："每个人的价值都与他感兴趣的事物相等。"

德国哲学家约翰·戈特利布·费希特写道："你告诉我你真正喜欢什么，追求什么，渴望得到的真正享受是什么，你就已经给我解释了你的生活。你所爱的，就是你所生活的。"而另一位德国哲学家马克斯·舍勒说："谁掌握了一个人的爱的秩序，谁就拥有了这个人。"

什么事物可以唤起人类的爱？当然，它们可能无限多，但我想可以通过个人现实和非个人现实，先做一个粗略的划分：个人的爱和非个人的爱。

个人的爱首先是属于典型的爱，对另一个人的爱往往是异性的爱（后文会谈及对同性恋的思考），这种爱是与之整个生命相关联的，即涉及身体、感情和精神的爱，就是产生我前面所说的全面的爱。对父母、孩子和其他亲属的爱总是基于个人的爱，通常被称为家庭的爱，是很多人苦与乐的交织，这意味着感情和精神的参与，完全不同于身体的参与。即便是友谊，同样珍贵与难得的经历，也理所应该属于个人爱的范畴；在主观层面上，具有与家庭的爱相同的含义，但身体的作用却不那么突出。

接下来是对他人的爱，从对邻居和同事的热情相待到社会政治的承诺，从对全人类的爱（慈善事业）到对最贫穷和不幸者的奉献。对他人最彻底的爱的形式是耶稣的爱，他提倡对敌人的爱："但我要告诉你们：爱你们的敌人。"（《马太福音》，同样出现在《路加福音》中）对此，我所知道的最好的评论是北美耶稣会士和圣经学者约翰·迈尔所说："耶稣并非愚蠢到控制情绪，而是教导他的门徒，无论他们的感情如何，都要愿意并做到好好对待他们的敌人。"在马库斯·奥里利乌斯、塞尼卡和艾匹克蒂塔这样的哲学家的劝诫中，也有这种对敌人积极仁慈的说法。（艾匹克蒂塔指出，哲学家"必须爱那些打击他的人，把他们当成大家的父亲和兄弟"。）它是佛教或卡鲁纳慈悲教义的一个组成部分，主张以慈悲之心待所有生物，这从根本上消除了敌人的概念。

个人的爱的另一种形式是对师者之爱。对于自己人生成长之路上遇到的大部分老师，不可能谈论爱情，但有时会遇到一个非常杰出的人，Ta 会深入到我们的内心深处，让我们对其产生真正的依赖，有时甚至比对伴侣、子女和其他一切的爱更为强烈。这就是耶稣为自己所求的爱。(《马太福音》："爱父母胜过爱我的人，不配为我门徒；爱子女胜过爱我的，也不配为我门徒。")苏格拉底、佛陀和人类公认的其他大师的门徒，也都见证过类似的说法。

非个人的爱首先是对生命的无限热爱，这种爱有时会出现在我们的日常生活里，简单地因为自己能够来到这世上而感到很高兴，当我们意识到能够看到万物、呼吸空气、行走移动的宝贵时，就会从对生存的本能的爱升华为有意识的爱。接下来是对大自然及其表现形式的热爱，天空、太阳、云彩、海洋、河流、湖泊、雨、雪，以及夏日的喷泉，或者土地、植物、山岭。这种对大自然的热爱最感人的表现作品之一，就是阿西西的圣方济各，1225年，他去世的前一年，当时已经病得非常严重，几乎完全失明，却创作了《造物的颂歌》。

对动物的爱是爱的一个单独章节，我把它放在这里，是因为动物是大自然的表现；而且我认为，对它们的爱属于个人的爱，这就有别于大多数西方哲学传统，他们最多只把对动物的爱归于对世间万物之类。我主张把对动物的爱归类为个人爱的一种形式，因为每只动物都有一个特定的性格，不同于同一物种的其他个体，它揭示了一个真实的个性：证明与这个特定的狗、猫或马的关系永远不会与另一只狗、猫或马完全相同。

回到非个人的爱的形式，我们必须提及对一种理想的热爱，比如正义或政治等，或者对于理想化的历史－地理的现实的爱，比如祖国、民族、地区、城市。理想的爱当然也包括对艺术、音乐、哲学、文学、科学研究和文化等表现形式的热爱：这些理想对某些人来说是一种吸引力，从而构成一种贯穿其整个人生的真正激情，完全值得被称为热爱。

我们不乏听到人们谈及对某些物体的爱，对此必须加以区分。对我们来说，大多数物品仅仅是需要的工具，但是有些物体具有强烈的吸引力，当我们直接接触，甚或只是想到它们的时候，就是获得安慰和新能量的源泉：例如有家族渊源的房子、有强烈体验的地方、图书馆里反复阅读过的书籍、伴随自己人生的乐器等。一些物品被标上具有一种常被称为爱的欲望和情感的标签，但却远非事实，而是一种诱导性的心灵禁锢，其恰如其分的名称应该是拜物教：我指的是一些人与汽车、技术工具、服装等诸如此类物品的关系。我认为，这种拜物教是因为消费社会日常在系统地给我们灌输众多广告的结果，这种广告经常使用"喜爱"这个词：我喜爱那双靴子，我喜爱那只手表，我喜爱那条项链，我喜爱那辆摩托车……由于拥有这些物品的条件就是金钱——这在脑海里占据了一个非常重要的位置，于是就导致对某些人而言，金钱不再只是一个极为渴望的东西，而是真正的人生目标，其结果是将他们的人生转化为一种竞赛，追求拥有越来越多的东西，并且不可避免地使人成为金钱的奴隶，而金钱成为人的主宰。总而言之，我们与物体之间的关系可以有三种取向：工具的、崇拜的、或伴随的。有时这种情感如此强烈而深刻，甚至可以被定义为爱。

最后，有两种非常特殊的爱的形式值得一谈：对上帝的爱和对自己的爱，因为它们复杂而微妙。这是两种可定义为超个人的爱的形式，因为它们既不属于个人的爱，也不属于非个人的爱，因为无论是神还是"我"都超越了人和物的范畴。它们不是个人的爱，因为通常都知道自己是一个有意识的主体，但也不是非个人的爱，因为是能够具体化的，人们的目光能看到具体的身体，正如我此刻能看到我家窗外的屋顶，甚至能够逐个数出屋顶上的瓦片。

20. 爱上帝

爱"上帝"是犹太教和基督教的第一条基本诫命："以色列啊，你要听！耶和华我们神是独一的主。你要尽心、尽性、尽力，爱耶和华你的神。"（《申命记》）有一个文士来问诫命中哪个是第一要紧的，耶稣回答："第一要紧的，就是说：'以色列啊，你要听，主我们的神是独一的主。你要尽心、尽性、尽意、尽力爱主你的神。"（《马可福音》）

在人的一生中，对上帝的爱最初表现为对自己宗教的热爱，它的象征、教义、仪式和代表。这样，一个人可以说他爱上帝，爱弥撒、《圣经》、教皇、教义。但是，随着精神的成熟，我们越来越意识到上帝如何远远超越自己，以及其他宗教的教义和仪式。于是，人就进入了一种被神秘主义者描述为"黑暗、乌云、黑夜、虚无、空虚、无知的云"的状态，这表明超越人类的智慧和其他能力，是真正的精神生活所达到的结果，不是说依附于某个教义，而是追求真理和善良。

公元4世纪的主教和神学家尼撒的贵格利发现摩西就是信徒的原型，他独自爬上西奈山，声称自己与隐形人接触，摩西本身也变得无形，从而教导我们"相信有神，在理解所不到的地方就是神灵"。贵格利认为上帝在理解不到的地方表现自己，也就是说，只要有理解的时候，都不会适合上帝的表现。一个世纪之后，奥古斯丁也说了同样的话："如果你理解了，那就不是上帝。"事实上，如果上帝被我们的理性所理解，他自然也就会理解，就会自己取之或者将其置于自身之下，正如英语动词 understand（理解）词面的"在其之下"所示，从而减少了上帝所含的内容，也就是上帝支配包括我们理性在内的一切事物的原则的绝对性。我们每一个理解行为都含有一种支配之意，所以很明显，人不能理解上帝，是我们被他的现实所"理解"，从物理意义上来说，被理解和被包含之词就是意语动词 capire（懂、包含）的现在分词 capiente（大容量的）。在这方面最重要的表达之一是使徒保罗在雅典阿留巴古斯的演讲中说："我们生活、动作、存留，都在乎他。"（《使徒行传》）只有当我们进入神的这种观念时，才能反映我们说"上帝"所要表达的本体论现实。

这就是为什么尼撒的贵格利认为"认识上帝，就意味着按照人类的理解没有人能了解他"。除了贵格利、狄俄尼索斯·阿雷奥帕吉塔、埃克哈特、恩里克·苏索、格雷戈里奥·帕拉马斯、约翰·陶雷、《无知的阴云》的英国无名作者、阿维拉的特蕾莎、约翰·克鲁塞罗等人，基督教信仰的大师们都是这样教的。到了我们这个时代，有伊迪丝·施泰因、西蒙·威尔、保罗·提尔奇、卡尔·拉赫纳、雷蒙·潘尼卡，而卡洛·玛利亚·马蒂尼也教导我们同样的道理，他说："你不能把上帝说成天主教徒。上帝在我们规定的界限和定义之外。"

但如果这是真的，怎么可能像所有伟大宗教的神秘主义者所宣称的爱上帝呢？例如，阿维拉的特蕾莎谈到"对上帝的爱如此之大，以至于不知道是谁给了我"和"对这种爱的巨大冲动"；8世纪的穆斯林神秘主义者拉比阿对上帝说道："我爱你两个——一个是激情，一个是唯你值得拥有的。"在讨论过对自己的爱之后，我会尝试回答这个问题，因为在我看来，对上帝的爱和对自己的爱之间的联系比表面看到的更加紧密。

首先，我要谈一谈一些基督徒如何宣称他们对上帝的爱是"爱上耶稣"。你能爱上耶稣吗？如果你想表达的是你对耶稣事业的爱和全心全意，你对上帝王国的热情，你对穷人和苦难者的关怀，你对正义的渴望，那么你的表达是合法的。但如果你指的是爱耶稣其人，爱他的身体和性格，在我看来，你就是太过天真或有什么更不健康的东西。

其次，有关苏格拉底这个人，同时期有几个近似的雕塑，都表现出扁鼻子、大胡子、宽脑门、小个子；而耶稣这个自然人是无法重塑的，因为每个人一想到他，就难免会发挥想象力，把自己心目中的耶稣投射到脑海里，结果是根据个人的品位和经历给他一个完全主观臆断的面貌。

不仅仅是外表，耶稣的个性也是无法重塑的，因为他在四部福音书中也各有不同。历史上真正的耶稣，耶舒亚·本·约瑟夫，究竟是更接近马可写的耶稣还是约翰写的耶稣呢？他们写得如此不同，甚至相反。如果你再看《马太福音》和《路加福音》，就会得到四个不同的耶稣，四个不同的人格。那么爱耶稣是什么意思？说爱耶稣的人爱的是什么？

　　答案是，所有宣称"爱上耶稣"的人喜欢的都是教会的耶稣和弥撒的耶稣，这是从童年早期宗教感情或成为信徒的时候产生的，当人们不加批判、不努力区分不同的来源时，这些来源实际上是重叠的、混乱的；直至相信现在大家熟知的基督教创建者基督的形象，也就是他自己也是基督教徒，而耶舒亚·本·约瑟夫其实是犹太人，而不是基督教徒，所以这个形象使他自己也难以接受。再说，也不能说耶稣想要所有这些爱他的男女众人在自己身边，他经常躲开人群，去独自祈祷。

21. 爱自己

爱自己，在传统拉丁文中称作amor sui，希腊文为philautía，这种爱常被认为是一切罪恶的根源。所谓七宗罪中的第一个就是傲慢，无非是对自己的爱，基督教传统教导说，正是因为傲慢，路西法才从天使的荣耀堕落成了撒旦，这意味着神话认定，过分爱自己就是邪恶之源。

从这个角度来看，精神传统一致认为，从自我中解放出来是最重要的目标。耶稣教导众人："若有人要跟从我，就当舍己。"(《马可福音》)《马太福音》和《路加福音》也是这样说的，这就是多方证明，也肯定能回到历史上的耶稣那里。《约翰福音》上也有这样的话："一粒麦子不落在地里死了，仍旧是一粒；若是死了，就结出许多籽粒来。"很明显，麦粒象征着为爱自己而必须死的个人生活。

佛陀把痛苦的根源，以及与之相关的所有邪恶都归结为欲望。欲望只不过是自我最自然的表现："这个，僧侣们，是痛苦起源的高尚真理：痛苦的起源在于欲望导致了新的存在，是与喜悦和色欲联合，就要在这里或那里找到满足感。"(《佛陀的启示录》)佛陀最古老、最重要的讲话之一题为"摧毁欲望的伟大讲话"，也可以作为对自我毁灭的伟大教导。

因此，基督教传统和佛教传统都充满了关于如何克服对自我眷恋的教义，这在禁欲主义的修道主义和宗教生活中起着重要作用。在这里，我只限于提及基督教的两大经典：基督的模仿，即"内心完全放弃自我而与上帝结合"，和伊格纳西奥·洛约拉的精神练习，其全称是"战胜自我并使自己生活有序的精神练习"。20世纪上半叶的西蒙娜·韦伊（Simone Weil）提出了更冷酷无情的说法："我是道德败坏。道德败坏者就是我。这样的自我是道德败坏的。"又说道："我们必须给予上帝的，就是毁灭。除了自我毁灭之外，绝对没有其他允给我们的自由行为。"最后说："我所做的一切，包括善都是恶，无一例外，因为我是恶的。在这个世界上，我越消失，上帝就越多存在。"

圣雄甘地也加入了这种抑制自我的战争："我必须把自己降到零。"再说一遍："如果我们能从宗教、政治、经济等方面把我和我自己抹去，我们很快就会自由，把天堂带到人间。"许多古代哲学家，尤其是柏拉图学派，也教导过要超越自我。柏拉图说："我们每个人的恶习，常常源于一种过度自爱的形式。"关于现代哲学，康德在论述人性邪恶起源的问题时，将其根源归于"爱我"（self love），这种爱"作为我们一切原则的最大限度，是一切邪恶的根源"。爱因斯坦也同意这一观点："人的真正价值在于他在多大程度上和从何意义上摆脱了自我。"

然而，事情并不像我们之前所说的那样片面。耶稣若教导我们必须否认自己，而另一方面却又说："人若赚得全世界，却丧了自己，赔上自己，有什么益处呢？"（《路加福音》《马太福音》和《马可福音》相似，这种多方面的证明使这一说法的历史真实性更具可能。）这意味着自我否定并非等同于西蒙娜·威尔所认为的自我毁灭，恰恰相反：要能运行，就不能失去自我，而是必须保留和拯救自我。当耶稣吩咐人爱他人时，作为对这种爱的一种衡量，就如同爱自己，你要爱他人如同爱自己一样："要爱人如己。"（《马可福音》；耶稣的说法是直接引用希伯来圣经，来自《利未记》。）也就是说，如果一个人不先爱自己，就不能爱他人，因此，自爱绝对是合法的。即使我们认为诫命爱上帝要"全心全意，全身投入，全力以赴"，但如果没有充分完整的心灵、头脑和力量的自我，这种训诫就无法得到执行。

甘地也有这样的辩证法，他一方面想把自己降到零，另一方面又说："我是始终不改的乐观主义者，因为我相信自己……我是一个乐观主义者，因为我对自己有很多期望。"这不仅显示出他对自己的关注，而且还表达了他对自己的信任。佛教的精神传统也是如此，按照佛教传统，八十岁的佛陀有"躲进自我孤岛"之说："我鼓励你们自己成为一个内心的孤岛，善于躲进自己内心的孤岛里，而不去躲进其他任何地方和任何东西里。"这是我们这个时代最伟大的精神导师之一。越南佛教的一行禅师教诲我们，"躲进内心的佛陀"。像科拉多·彭萨这样的西方佛教的代表人物认为，对自我接受的重要性相当于"成熟的自爱"，并写道："接受自爱是基于我们理解自己的需要……爱自己使自己更完整、更自信、更快乐。"至于古代哲学，亚里士多德写道："所有的友谊感情都源于与自己的自我关系，后来延伸到他人……最重要的是，一个人要是自己的朋友，所以必须爱自己。"而对于现代哲学来说，让－雅克·卢梭的这些话很有意思："爱自己总是好的，总是符合秩序的。由于每个人都对自己的保护负有特殊责任，因此，他第一也是最重要的关注，是必须不断保持对自身的守护。"

因此，我们处于一个对立矛盾的事实中心：一方面，精神和人文传统教导人如何与自我斗争；另一方面，他们教人如何关注自我。来自鹿特丹的伊拉斯谟正确地抓住了矛盾："喜欢自己，欣赏自己不是愚蠢的吗？但是，你能做些漂亮、高尚的事情而自己不高兴吗？"这种矛盾在普通语言中也可见一斑。有一种说法认为，"我"是自我欣赏的自我中心主义的最明显标志，它是一个人最容易落入心灵的牢狱之一，导致帕斯卡谈论"可恨的我"，并要求别人不能在他面前使用"我"这个词。然而，也有一种极端的对立，那就是那些从来不说"我"，总是躲在别的权威后面，却没有勇气暴露自己的人。如果前面那个极端标志着自我中心主义，那么后面的极端则标志着个人缺乏自主性。我认为平衡点是在这两个极端之间，知道并愿意说"我"，但不是为了抬高自己，而是为了诚实地致力于自己所说和所做的事情，而且对自己的每个言行都承担责任。

但是，我们必须更进一步，提出真正的问题，问自己什么是自我（或自己），与我相关的其他人是什么。问题是：我是独立于他人的，还是只是在与他人的关系中才构成我？问题在于我们之间最亲密的关系：我们每个人究竟定义为等式"我＝我"（不可减少的身份）还是等式"我＝我们"（构成相关性）呢？换个说法，何为我的他异性世界？这是一个已经构成的我的舞台，我在上面尽量追求最成功地展示自我；还是他的身份组成部分，没有他异性世界也就没有他自己呢？

我支持第二种观点，认为这种关系是构成性的、原始的、共存的。我们每个人都是从他人的人际关系中诞生的，也生活在他的人际关系中，也就是他的关系。自我是组成的关系。

从我们的本性中得到我们行动的指示（根据古老的亚述族公理，行动是遵循本性的）。事实上，如果"我"即其关系，想要并做好自己的最好方法就是想要并做好他人之事。反之，想要并做好他人之事的最好方法就是想要并做好自己。只是对那些认为"我"可以独立存在的人而言，利己主义和利他主义是分裂的，而对那些认为"我"即原始关系的产物的人来说，利他主义和利己主义只是同一极的两个必须始终保持平衡的极端而已。

为了支持这一论点，我可以引用当代科学关于生命结构的说法。物理学告诉我们，生命是能量，没有什么是静态的，没有什么只是为了自身存在而存在于自身的，没有头等的物质，只有亚原子粒子的集合体，这些粒子在它们的特殊性质上是深不可测的，因为在那个层次上，比粒子更需要谈论的是波。物质只是作为能量的一种临时形态而存在，这是唯一一种不可被创造和破坏的真实存在，我们每个人都是一种临时的形态，都在不断的形成之中。这与亚里士多德所说的正好相反："本身或物质本身就是关系的前提。"现在我们必须说的是，对于另一方和关系而言，事物的本质先于物质，因为如果不是先为另一种物质存在并存在于另一种物质之中，就不存在任何事物了。因此，人们甚至不应该再谈论物质，而应该谈论相互依存的物质，因为佛陀一直在教导相互依存，而且正如托尔斯泰提及叔本华的这个思想时所说的："为什么当我们做完一件好事时非常高兴呢？因为每一个好的行动都向我们证实，我们的真实自我不仅仅局限于我们这个人，而是存在于生活的一切事物之中。当一个人为自己而活时，他只生活于自己真实自我的一部分；当一个人为他人而活时，就会感到自己的自我扩展。"

　　生命是统一和运动的。正因如此，对他人的积极取向与对自己的积极取向并不矛盾，相反，只有对自己的积极取向，才允许健康的对他人的积极取向。你必须喜欢自己，喜欢自己的存在，喜欢自己的本质，你的存在，与自己的命运达成一个平和的、和谐的、成熟的关系。

这并不常见。事实上，很多人往往生活在不接受自己现实的状态中，渴望做不同于自己的人，寻求世界上的另一个地方、家庭、身体、性格和自我，因此并不统一。普遍存在的嫉妒感觉，可以从根本上解释为不接受自己和自己的命运，也就是说，不接受自己生来就有的那个名字、面孔、智力和父母；如果你不接受你自己，你会梦想其他的可能性，所以你会羡慕那些实现了这些可能性的人。

爱自己，如果一个人从最恰当的角度考虑这件事，那就是一种伟大的谦卑行为，与自我的局限、恐惧和不足相调和。我认为，所有这些话的意义都可以概括为爱自我和自爱之间的区别：爱自我是被过度自我所束缚的人的消极状态，而自爱则是接受自我的不完美，带着那种自讽的淡淡微笑，这才是人类最美丽的特性之一。

22. 自爱与爱自我

要想照顾别人，首先要照顾好自己，从另一方面说，真正的照顾自己就是培养与他人的和谐关系。但在这个循环中，你能找到哪里是起点，哪里是终点吗？也就是说，究竟应该优先照顾自己还是照顾他人呢？我认为这个过程的起点和终点是由自己决定的，而我们每个人都是交给自己改善的世界上的唯一一部分。因此，一旦把自爱与爱自我区分开了，不仅做出了正面的判断，并且会认真而坚持地培养这种自爱。

一行禅师通过《帕里正经》（即最古老的佛教教义文本集，因其公元前 1 世纪左右书写所用的语言而命名《帕里正经》）里的一个故事来说明这一观点：

在《帕里正经》里有一个故事，讲述了一个父亲和一个女儿一起在马戏团工作。父亲把长长的木竿顶在额头上，女儿爬到木竿顶上。所以他们赚到了买米和咖喱所需的钱。

有一天父亲对女儿说："亲爱的女儿，我们要好好照顾对方。我们的活儿很危险，但如果你帮我、我帮你，一切就都会好的。"事实上，如果女儿摔下来，也许她会摔断一条腿，他们就再也没有生计了。"亲爱的女儿，我们要互相照顾，才能谋生。"

女儿是一个非常聪明的女孩，回答说："我的父亲，你说我们要互相照顾，才能谋生。但在我们表演的时候，你要照顾好自己，只照顾你自己。我在爬竿的时候，照顾好我自己，小心翼翼地爬上去，留神不做错动作。所以，我的父亲，你应该这样说：'你照顾好你自己，我也照顾好我自己。这样我们才能继续谋生。'"

佛陀同意："那女孩是对的。"

一行禅师评论道："作为朋友，我们的幸福取决于彼此的态度。但根据这一教义，我要照顾自己，你们要照顾你们自己。这样我们才能互相帮助。这是正确的理解方式。"

23. 内心深处

在结束关于爱上帝的一段时，我问自己：如果在神秘主义者看来，最终神在捕捉不到的黑暗、笼罩着无知之云时出现，那怎么可能爱上帝呢？我把对此问题的回答推迟到关于爱自己的论述之后，因为我认为这两者之间存在着联系。现在是解开问题的时候了。

奥古斯丁直接找上帝问这个问题："当我爱你时，我真正爱的是什么？"信徒接到了爱上帝的命令，有时甚至在他内心深处感受到了真正的爱，或者超越了应有的服从。但当他开始理解上帝这个概念中所隐含的本体论现实时（他不是某个特定的实体，甚至不是一个像我们这样有身体和性格的人，因为上帝没有性格），不禁要问：当自己爱上帝时究竟在爱什么呢？在宗教生活的早期，爱上帝就是爱教会和《圣经》，但上帝远超出教会和《圣经》。连耶稣的比喻也不够，因为出于上述原因，你不能作为一个人去爱他，而要作为上帝爱他，首先必须知道爱上帝是爱什么。奥古斯丁在回答他的问题时，既没有提到教会，也没有提到《圣经》和耶稣。

他通过否定列出的一系列美好事物，说这些都不是他对上帝所爱的对象："但是当我爱你（上帝）时，我爱的是什么？不是身体的漂亮，不是年龄的优雅，不是光的明亮，亲爱的，是的，在这些眼睛里，不是用各种声调吟唱的甜美旋律，不是花香、软膏、香气，不是甘露和蜂蜜，也不是为肉体相拥而生的四肢：这都不是我爱上帝之所爱。"

然而对于奥古斯丁来说，对上帝的爱并不能否认与世界的所有关系；事实上，世界上美好的事物唤起了神圣的现实："然而，因为爱我的上帝，我就喜欢某种光，某种声音和某种香味，某种食物和某种拥抱。"爱上帝并非爱光本身，但我们却喜欢某种光和其他引起联想的现实。但奥古斯丁区分普通光与某种光感受的是什么维度的事物？答案就在这里："是我内心的光明、声音、香气、食物和拥抱。"因此，因为爱上帝，我们爱上了我们内心的光，也就是说，在我们良心中包含的意义，美、正义、善良的承诺，最终是我们的良心所在。奥古斯丁得出结论："当我爱上帝时，这就是我所爱的。"因此，爱上帝与爱自己之间并不对立，我们爱上帝就是爱我们内心的人性之光。这就在爱自己与爱上帝之间产生了一种有机的联系，是通过爱自己的内在人性来守护对上帝的爱的存在维度。

当然，这与对某个特定意义上的具有特定性格的心理上的自我之爱无关；与此相反，对上帝的爱让人克服了这种很容易就产生的对心理上的自我之爱。对上帝的爱，作为对人内心光明的爱，能把我们带到超越心理自我，赋予我们一个更高的视角，让我们居高临下地看自己，从而使我们摆脱带着焦虑和野心、恐惧和攻击性的精神自我。

这种让人自由和更新的视角并非外在的，恰恰相反，它一直存在于我们体内，是我们精神自我的来源和归属。所谓"spirito"（精神－神灵－灵魂）之说，就是说神存在于我们身上，这就是奥古斯丁在写他的《忏悔录》几十年前写下的："真理存在于人之深处。"

当然，爱自己与爱上帝之间的这种联系，那些只将自己视为一个身体和一个心灵之我而缺乏精神层面的人是无法理解的。但那些知道这点，经历过且具有更高层次的心灵自我的人，知道如何训练和指导他，在理解我们所说的精神的意义上没有任何困难。

我想强调的是，这绝不是一个纯粹的基督教概念，因为早在基督教之前，人类就已经体验到了这种精神层面，即古埃及人所说的 akh，印度人说的 atman，希腊人说的 nuts，佛教徒说的 bodhicitta，犹太人说的 ruah。我们只需注意一个经验，即一个人可以在善良和正义之光下改变自己，这种光不是来自外部，而是来自内心，因为它是最深刻的现实。当一个人爱上帝的时候，就是爱自己内心世界的这个维度，它让人联想真实的自己。

24. 爱的本质

尽管多种形式的爱情（从主体的角度看是 6 种，从客体的角度看是 13 种）有所区别，但实际上爱情本质上却只有一个。而这种本质最好通过下列公式来理解：

理念（logos）＋ 混乱（caos）＝ 激情（pathos）

爱首先是一个意外事件（混乱）进入一个人存在的有序系统，随后产生现有秩序（理念）的混乱，再造成进一步的混乱，然后便形成一个新的生命中心、新的系统、新的理念。这一过程总是通过情感的双重方向的力量带动，一种造成痛苦，另一种则形成激情和能量。

最初的混乱情况大多是由恋爱对象造成的，但其起源也可能是一些非人类的东西，如对艺术、研究或宗教生活的热情。最重要的是，这种激情的对象（个人的、非个人的或超个人的）主宰了我们的内心，以至于我们要重新调整我们的整个存在，因为只有这种全面的革命，才能真正谈论爱情。

所以我们面对的是一种真正的依附关系，也就是两个世纪前奠定宗教基础的神学家弗里德里希·施莱伊马赫所说的内心支配。我想这就是为什么人们从一开始就把爱情当作神来谈论。

爱的深处总会有一个不明之处，正如在神的深处有一个不明之处一样，当被更强大的东西抓住时，人的头脑就会陷入昏暗。当然，人可以相信或者不相信上帝，但在真爱中，人总会有一种依赖感，被一种更强的力量绑架，其程度足以真正改变自己的生活，这在宗教语言中称为"皈依"，这一术语表明我们的自由发生了变化。被爱情抓住了，其实自由不再渴望自由，相反，渴望被其束缚、关联、结合。

我们面对的是一个特定的悖论。我们是自由的。远远超过我们的身体和外表，远远超过我们的财产和经济负担，远远超过我们的知识和文化，我们的深刻特征是我们内心的人格，它从我们所做的或回避的选择，即我们的自由中表现出来。但在心生爱意的瞬间，一切都发生在我们的自由之外：自由不仅被中止，而且掉入陷阱，莫名其妙地渴望能够献身于他人，成为他人的奴隶。是日常生活中经常为之奋斗的自由自己想要这样的变态。如果这种求人奴役之意无法实现，才会重新找回自由，人就经历了一场无情的失败，导致一种徒劳和空虚感。

但是，在这种依存性的辩证法方面，我想提及一下黑格尔曾经说过的话："只有在爱中才能与对象合一，既不被主导，也不是主导。"并进一步说："只能在你的同类、在镜子、在自己本质的回声面前，才能发生爱情。"黑格尔在表达爱情的本质时说"只有在爱中才能与对象合一，既不被主导，也不是主导"。有趣的是，康德说了一句截然不同的话："为了两者的统一与结合及其密不可分……一方必须服从另一方，另一方必须在某种程度上高于另一方，才能指挥和统治对方。"谁说得对，黑格尔还是康德？在他们的立场背后可以联想到关于上帝创造男人和女人的圣经故事，这两个故事截然不同，甚至是对立的，因为第一个故事说人类的创造是通过同时创造了一男一女，他们俩共同构成了原始人类。（《创世记》：神就照着自己的形象造人，乃是照着他的形象造男造女。）至于第二个故事，上帝先创造了一个男人，后来从男人身上取出一根肋骨才创造了女人。（《创世记》：耶和华神就用那男人身上所取的肋骨造成一个女人，领她到那男人跟前。）《创世纪1》的故事因男女对称而更接近黑格尔，而《创世纪2》的故事因男女非对称而更接近康德。

我相信，如毕达哥拉斯和亚里士多德所教导的，只有包含了所谓的友谊，即平等（友谊就是平等）的感情，爱情才会实现其本质。所以我认为结了婚的黑格尔比未婚的康德看得更清楚。

然而，正如黑格尔写的，只有当一个人离开双重系统而进入三元系统时，人们才能既不支配又不被支配。男人真的与女人相结合，女人真的与男人相结合，在结合中，只有围绕一个大于一个男人或女人的中心建立一个共同的彼此相互的引力时，才会既没有人支配对方，也没有人被对方支配。将男人和女人紧密结合在一起将不再是他们的横向双边关系（不可避免地注定要形成一个或另一个人的主导），而是他们的重力将围绕一个共同的理想中心。像火星和金星一样，它们通过彼此的引力而相互结合在太阳周围。

爱是一种完整的关系，使一个人与另一个人结合，共同产生一种性质不同的什么东西。夫妇是比一个原子加另一个原子之和还要多的东西：夫妇不是两个原子，而是一个精神分子。两者的存在发生了质的飞跃，它的不同而深刻的形态，导致个体不再是原子，而是以不同的方式生存，使其生命中心超出了自我。但（这个生命中心）不只是在另一个人身上，因为在这种情况下，爱情就会产生依赖、束缚、不对称，就是感性的爱。成熟的爱会引导个体脱离自我，但不是在另一个人身上，而是在比自我和另一个人都更高的层面上。我将在最后一章讨论这点。

第 2 章

如何生活在爱中

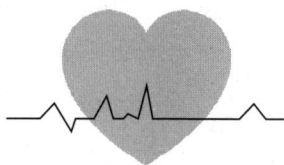

25. 爱的黑暗面

从大家普遍被爱吸引这一事实就能看出，爱本能地呼唤人们唤起心灵的幸福和对生活的渴望；但反面经验也同样常见，即最忧郁的悲伤，甚至是一种拖着人变成奴隶般卑微，正如辛格笔下的一个人物所说，愿"亲吻死亡天使之剑"。

我已经提到了阿芙罗狄蒂血腥的绰号和卡图卢斯的爱情，这种爱有时就是恨，一种奇怪但并不罕见的混合物，也是今天被称为杀戮女性的犯罪现象的起源。有许多不胜枚举的关于爱情与死亡之间密切关联的文学作品：《美狄亚》《费德拉》《特利斯塔诺和伊索塔》《奥赛罗》《唐璜》《少年维特的烦恼》《雅各布·奥尔蒂斯》《包法利夫人》《安娜·卡列尼娜》，谁知道还有多少啊！如今在佛罗伦萨皮蒂宫的帕拉提画廊里展示的卡拉瓦乔所绘的《沉睡的爱情》表达了他的观点：描绘了一个丑陋的小男人，比例失调的脸，半闭着的嘴，从中可以看到一口烂牙，肚子非常膨胀，整体上是一幅令人厌恶的内心邪恶的丑陋形象，是卡拉瓦乔实际上无情之爱的照片，在警戒状态下靠涂脂抹粉的掩饰，诓骗年龄和情况不同的男男女女。

爱——对人类来说，重复这个词似乎能产生夜间灯光对飞蛾那样的效果，这是一种不可抗拒的吸引力，结果就是飞蛾扑火般的自我毁灭。有多少与爱情相关的谋杀和自杀？人们为之服用了多少镇静剂、安眠药和兴奋剂？无论是获得交配能力的药物，还是内衣、化妆品、高跟鞋、项链、领带、香水、护肤霜、衣服、珠宝、节目、音乐、书籍，包括你手上正在看的这本书，与此相关的商品流通对 GDP 影响有多大？夜间沿着大街小巷有多少女人和男人在出卖自己，又有多少人去找他们，以求满足自己的性欲和倒错，或者解除自己的烦恼和孤独？世界上有多少儿童沦为卖淫、恋童癖和其他形式的性剥削受害者？100 万，200 万，还是更多？据估计，仅在印度就有 120 万未成年人从事卖淫，而这类人在全世界的总数估计超过 1000 万。耶稣大概也知道这种现象，因为他说过："人因绊脚石跌倒是免不了的，可是做绊脚石的人有祸了！把磨石系在这个人的颈项上，扔进海里，总比他成了绊脚石，使这里的一个小子跌倒还要好。"（《路加福音》）

本书第 2 章旨在说明第 1 章所做理论思考的实际内涵。这本身就需要深入探讨各种爱，但我更喜欢把这本小册子所具有的空间都献给卓越的爱——通过性行为表现出来的对另一个人的爱，因为正是在这里，显现了许多爱情的黑暗面，也就是我们存在的内在和外在邪恶之源。而我这样做是出自一种信念，我们可以而且必须在这一领域制定一个道德规范，但这只能在更广博之爱的现实大旗下实施，一个作为守护和促进真爱的性规范。

我将首先分析当下最流行的两种态度：一种是主流文化的"非道德"；另一种是天主教传统的教条主义道德观。

26. "非道德"问题

在柏拉图的研讨会上，有一位名叫帕萨尼亚斯的人物提出（在作品的后面会对其言论予以反驳），"神灵原谅情人宣誓后违背誓言"，而且"不存在爱的誓言"，因为"神灵和人都给予情人一切自由"。这正是当今主流思想所支持的，这种思想在每一个可能的暗示中都重复着"心是不能指挥的"。我把这个概念定义为"非道德"。在分析之前我要声明，我反对它是基于这样一个事实，即只要存在人类之间的关系，就必须满足每个人对自身的公正与尊重的需求，而在爱和性方面特别需要这种关注。在性方面，个人的隐私是不被暴露的，性的道德操守远不是可以甚至应该被怀疑的，而是显得比其他方面更有必要做到始终如一，一以贯之。

我表述这种主流思想时说的是非道德，而不是不道德：事实上，当今理论化的东西并不一定是态度不道德，因为性生活完成得越多，就越会被认为会以不道德的行为打破共同的道德观；我们的理论是"a-moral"（非道德），在这种情况下，有人表达了一种思想，即性生活不要讲也不应该讲什么道德，除了肉体上感受到性生活的快感之外，我们无法制定其合法与非法的行为准则。所以不存在纯洁或不洁的行为，只有快感多或不多的行为，只需支持前者，废止后者即可。唯一公认的限制是不允许有任何形式的暴力行为，也就是说，要有当事人的完全同意，但大多数公众舆论并不重视当事人的年龄问题，因此即使是经未成年人同意的性行为，也被大多数人认为合法。

一直以来都有更激进的观点，认为不应该限制主体意愿，甚至不应该得到对方的同意，从而暴力地开启了对身心施加暴力之路，并且从非道德过渡到了真正的不道德范畴。

大家都知道（因为自己也看得到，内在也感受到），除了温柔和抚慰的程度之外，性还包含着挣扎、征服、强烈的本能；除了抚慰之外，性关系的具体性还包括人体的对接和接吻，还有咬（维纳斯之咬），有和睦也有战争。卢克雷齐奥说："在拥有震颤和快感的时候，情人的热度是不确定的，他们也不知道自己首先是用眼睛还是用手来享受什么。他们想要的经常让他们难受，身体过紧的按压，牙齿咬住嘴唇，亲吻时嘴唇碰到嘴唇，因为快乐不是纯粹的，无形的冲动也刺激人，伤害对方，无论如何，这些都会萌生愤怒的种子。"它是事物的正常生理，希腊语 contesa（争议）一词的 eros（厄洛斯）和 eris（厄里斯）的半谐音从词源上证明了这点。在性结合和性交满足中，每个人内心的混乱也随之宣泄。正常的人格懂得如何处理这种厄洛斯和厄里斯的混合，同时尊重和关心伴侣，但在一些受到残酷和暴力诱惑的人身上，破坏性的本能占据了上风。因此，在性交时，他们把暴力发泄在对方身上，让对方痛苦，并享受对方的痛苦，由此引发了所谓的性虐待（sadismo），这个词源自法国人多拿尚－阿勒冯瑟－冯索瓦·德·萨德之名。他以萨德侯爵而闻名，在他的小说中描绘了这种行为，在他的私生活中也表现了这种行为。另一些人则同样利用暴力的本能，请求伴侣让自己痛苦，并从中获得乐趣，这种变态行为用奥地利作家利奥波德·冯·萨夏－马斯奥奇的名字称为受虐狂（masochismo），他在小说中描述了这种行为，并在私人生活中实施了这种受虐行为。

但是，正如我所说，今天绝大多数人的立场被称为非道德，但并不是说过去的实际情况有什么不同，2000年前古罗马的奥维德写道："你只管不屑：不正当的爱让人喜欢。"但在我们这个时代，过去的道德已经松弛到了伤风败俗的地步，且被理论化和正当化，被提升到成为规则的高度，声称在性方面没有也不该有道德准则，这是一个人人都是君王、立法者、最高法官的私人领域。主流文化认为爱情不接受规则和训诫。人不能接受让自己的情感必须服从纪律的想法，恰恰相反，而是必须让情感有随心所欲的自由，做自己的主人，可以今天这样做，明天却完全做得相反。生活中其他方面已经有了强加义务和禁令，为什么即使是最私密的生活也要受规则管束？而爱情本是自发的，内心是无人能指挥的！

我们所沉浸的商业文化氛围不断地灌输这种生活哲学，而这对于靠电影、畅销书、无数广告造就的 GDP 增长非常有用。

但也有更深层次的原因。今天的性生活是"超越善与恶"的现代生活神话里试图实现满足的一种环境。将自己置于"超越善与恶"之外的欲望俘获了当代人，因而再也不必考虑任何人，不必顾及宗教教义，也不用去追求人类历来推崇的正义和善良的理想等普遍道德良知，并以此作为梦想的自我力量的最大实现。当代的灵魂希望一种"超越善与恶"的存在，想要表达自己的权利和意志，享受自我，只是自我。然而，他们不明白，这个自认为特立独行的神话实际上只是一个囚禁自己的海市蜃楼，一个诱人但虚假的幻想。

预见了"超越善与恶"神话的先知显然是德国哲学家弗里德里希·尼采，他的《与柏拉图的斗争》是 1886 年写的。他反对柏拉图、耶稣和康德，认为他们是"白痴"，只想在正义的理想之光中存在，而尼采想要根据身体和活力来思考。这种观点使他成为我们这个时代最有影响力的哲学家，一个尘世思想的承载者，该思想源于生物学，并回归生物学，从而加强和突出各方面的 bíos（生物）现象。尼采强调其独特的特征，即强力的意志和自我的强加。因此，为了与生活保持一致，自由和强大的人就要"超越善与恶"，打破道德的界限，因为那个界限不过是弱者为束缚强者而虚构的。

尼采的这种观点肯定是萨德侯爵毫不犹豫赞同的，例如，这位德国哲学家把"享受自己的高人一等的快感"与"仅仅通过他人的痛苦"来表达这种优势联系在一起。他问："人不应该为了取悦自己而给别人带来痛苦，这样做的决心应该从何而来。"他称赞以令他人痛苦为目的的邪恶，因为"它本身包含至少两个（但可能更多的）愉悦自我的元素，因而是自我享受：第一是享受刺激……而第二是为精疲力竭的快感而行使强力。"（《人性的，太人性的》）

　　今天，我们知道这种毫无道德的哲学带来了什么样的血腥灾难，而这种哲学正是希特勒和墨索里尼世界观的基础。希特勒多次查访哲学家的档案，实行尼采对第三帝国的吞并，而贝尼托·墨索里尼则在1934年5月26日的众议院演讲中宣称他是"费德里科·尼采的门徒"，信奉他说过的格言"危险地活着"。纳粹主义的罪行不是意外，而是一种中止道德思想的逻辑结果，这种思想是邪恶和宠坏的男人的幼稚梦想，而且是危险的错误。实际上，没有人存在于超越善与恶之外，因为对我们人类来说，所有人都在善与恶之内，从我们呼吸的空气、喝的水、吃的食物等最基本的东西开始，一直到最高的头脑制品。生活中发生和重归的一切事物总是在善与恶之内的。

　　尼采想用身体来思考，但正是身体用它的存在强加了一种精确的生理逻辑，根据这种逻辑，有食物、饮料、温度、习惯等产生好的结果，还有其他因素产生坏的结果。就是从身体开始思考，让我们意识到所有的事物都必然遵循善与恶的法则，这首先是物理、化学、生物的法则。这同样适用于生活的精神层面和心理层面，自由时而表现为善，时而表现为恶，造成了好的和不好的新闻，好的和不好的政策，好的和不好的经济，如此等等，形成所有的生活现实。不管是有意还是无意，在存在的每一个维度，我们都能追溯到善与恶的经历。

因此，认为性生活中无道德而言的立场（也就是说，人的个性最容易暴露在其最私密的生活欲望中，而恰恰在这里，人对生活所求最高，因为此刻对生活完全敞开了自我）是一种有害的立场，注定要造成不幸的后果。我无意成为一个道德主义者，我所谓的道德主义指的是对规范的重视超过了对人的重视；如果人们由于无忧无虑的非道德而生活更幸福和快乐，我会很高兴，也会改变主意。但在我看来情况并非如此：我看不到大多数从事非道德的性行为者会更平静、更快乐。事实上，在我看来，尼采在他生命的最后十年所表现的疯狂，反映了萨德侯爵生命的最后十八年的疯狂，以及马索克在他生命最后一段不明岁月中的疯狂，这种疯狂总是越来越纠缠着我们脆弱的社会，就像一个令人窒息的常春藤，只要人们在微笑和精致的笑声之下挖掘一点点，就会看到内心层面的越来越悲伤。

27. 基督教的道德：原则

情况不容乐观

与主流文化的非道德相对立的是天主教的性伦理教条主义，连大多数天主教徒都认为这是一条完全走不通的路。在我看来，这种理论的起源基于这样一个事实：在其整个历史中，天主教徒主要强调性的消极方面，因为身体和快乐的原因，制定了通常属于禁欲苦行的规则和禁令，结果，在所有伟大的精神传统中，没有一个像天主教一样迫切需要一次性伦理方面的转折性变革。早在 1972 年，神学家安布罗斯·瓦塞克斯就说过："也许在我们这个时代，道德神学里没有任何一章像性道德一样需要受到如此严重和深刻的修正。"十年后，加尼诺·皮亚娜宣称"性道德现在已经被彻底审判"。那些年，一位有影响力的神学家，德国的卡尔·拉赫纳在捍卫传统道德准则时写下了"不良推论"造成的"基督教知识史的黑暗悲剧"，而"由于这些问题深深地影响着人类的具体生活"，致使这种情况更为严重；拉赫纳总结说："这种道德强加给人不堪的重负，而这种负担按照福音的自由是完全不合法的。"德国神学家乌塔·兰吉尼曼甚至更激进地认为，天主教的道德伦理沦落为"一堆废话"，"用吹毛求疵强词夺理的谬论施重压于人类"，"天主教的神学不是神学，道德不是道德，而是傲慢的疯狂"。

如今，对神学更为明智的批判并没有改变，正如红衣主教沃尔特·卡斯帕在一篇特别重要的文章中所说："我们必须诚实地承认，教会关于婚姻和家庭的教义与许多基督徒的生活信仰之间已经形成了鸿沟。教会的教义今天对许多基督徒而言都是远离现实和生活的。"

学说

如果我们站在高处从整体上看基督教的性道德观，最引人注目的就是以一系列否定为特征的毫不宽容。除了可以接受的否定以外（不得强奸，不得乱伦，不得堕胎，不得卖淫，不得制作色情制品，不得有任何形式的婚外关系，所有这些都被归类为通奸），还有其他被认为是根本不应存在的。事实上，不仅当代世俗化的心态，东正教和新教等基督教的其他教派的信徒，大多数也都难以接受。

我按照约翰·保罗二世1992年公开发表的言论，列举一下基督教现行教理的立场：

——在婚姻之外，不得享受任何其他的性愉悦。（第2351条：除了生育和结合目的以外，只为自己的性愉悦在道德上是无序的。）

　　——未婚男女之间的性关系，称为淫乱。（第2353条：淫乱是男女自由在婚外的肉体结合；这严重有悖于人的尊严和自然有序的性行为，有悖于配偶的利益，也有悖于子女的生育和教育，人们和自然有序的人类性行为，尤其是贿赂年轻人堕落时，就会发生严重的丑闻。）

　　——即使有成熟和长期的婚约关系，订婚者之间也不得有婚前性关系。（第2350条：约婚夫妇要节制保持贞节……将夫妻间的温柔表现保留给结婚之时。）

　　——无论在性交之前、期间还是之后，都不要采取任何形式的避孕措施，因为每一次性交必须始终对生育持开放态度。（第2370条：无论是在预期有婚姻行为，或在婚姻行为发生时，还是在其后果自然发展时，任何旨在阻止生育的行为，本质上都是不良行为。）

　　——不论何时，永远不要手淫。（第2352条：手淫是一种本质上严重无序的行为。）

　　——对同性恋者的性行为说不。（第2357条：同性恋行为本质上是无序的。他们违反了自然规律。他们把生命的恩赐排除在性行为以外。这不是真正的情感和性别互补的结果，在任何情况下都不能被批准。）那么同性恋者该怎么办？回答："同性恋者就要恪守贞操。"

（第2359条）

读了这些话，也许有人认为天主教徒的特征就是对身体和性的完全否定，但这不正确。第二届梵蒂冈主教会议宣称"配偶亲密交往的行为是光荣和可敬的"，甚至像庇护十二世这样的保守派教皇也在主教会议面前确认"配偶寻求和享受这种乐趣并没有任何不对"（而他紧接着又说，"然而配偶必须知道如何让自己保持在适度节制的范围内"，此话之意尚不明确）。目前的教义问答通过引用梵蒂冈第二届主教会议重申婚姻行为的内在优点，并写道："性是愉悦和快乐的源泉。"（第 2362 条）

男性的种子（精子）

在整个历史中，教会对严格的性道德的最大贡献之一，就是其对男性的种子概念，由此产生了规则和禁令，旨在对精子的排泄加以系统控制以防止其泄漏。事实上，精子被认为是上帝传递生命的通道，是"神圣的东西"（quiddam divinum），因此精子的每次排泄必须始终以繁殖为目的。

这一切都是基于精子包含了人的生命，也就是人的潜能所在，所以精子的泄漏应该等同于杀人，即使只是一个潜在的尚未形成的人。可以说，过去的天主教徒和现在的天主教徒对精子的认识是一样的。这反映了当时生物学知识的状态，当时人们忽视了女性卵子在人的生成过程中的关键作用，直到1827年生物学家卡尔·恩斯特·冯·贝尔才为人所知。

对于过去的人的意识而言，能够生产的只有男性，而女性只能受孕，也就是接受男性传递的产生潜能，而男性接受的是神的旨意。从这个角度来看，出生的男孩越是与父亲相似，生育就越完美，而与母亲相似的女孩则是生育的更低一级。这特别被认为是最杰出的哲学家亚里士多德重复的哲学家托马斯·达奎诺关于精子的想法：这位哲学家在《政治》中说，人的种子里有某种神圣的东西，因为精子是有潜能的人，所以精子排放的混乱无序接近于有潜能的人的生命的混乱无序。因此，很明显，每一个淫荡行为都是死罪。

性—婚姻—生育

几个世纪以来，围绕着基督教传统的性道德形成的主要目标有两个：其一，尽量避免色欲快感而不致于放纵淫欲；其二，尽量避免精子遗漏而不至于抑制新生命。这两个目标的结合导致了每一次性关系都是在婚姻范围之内的，并明确了每一次的精子排放都集中在为生育而开放的女性子宫的正确位置。这里清楚而严厉地规定了排精的时间、行为和位置，千百年来都属于忏悔圣事范围内的道德教育和良知自查的内容。下面就是一些具体规定：

——关于时间：不在为忏悔的保留期间进行性行为，如四月斋期间；不在接近圣餐等庄严仪式的时候，甚至建议配偶"不要在新婚前的那个晚上进行性交"（以尊重即将接受的圣礼）。

——关于特定的行为：不准口交，不准肛交，不准相互刺激生殖器官，禁止任何阻碍精液向本应该流入的"位置"（阴道）中排放的其他做法。

——关于体位：只有一个体位被宣布为合法，就是男人在上，女人在下，即所谓的"传道士体位"，如此称谓不是因为是传教士的做法，而是因为这些人是讲道的对象。

从这一点出发，形成了一种基于性完全引导向有关生殖的性道德：每一次性行为都必须是一次婚内行为，每一次婚内行为都必须是一次生育行为，其模式如下——性就是婚姻，就是生育。

对这个问题的违规行为并不被认为是不重要的事，因为根据一个学校的格言，"淫荡无小事"。从这种道德规范的僵硬，不仅会导致凡人罪行几乎无处不在的泛滥，而且不可避免地导致至今仍有一些天主教徒受着这种负罪感的困扰。

不能分开

基督教性道德的特殊性就在于认为两人的性结合与生育之间的关系不能分开：两个现实，《基督教教理问答手册》中写着"不能分开的"。（第 2363 条）1968 年保罗六世关于性道德的谕示《人的一生》，即使在基督教内也受到很多批评，在这方面规定："任何婚内行为都必须对生命的传递保持开放。"这是因为性行为的结合意义与生殖意义之间存在着不可分割的联系。这种联系是"不能分开的"，因为这种关联性是由自然决定的，因此也是上帝的明确意志。这就形成了一个非常简单的规则：不对生育开放就不得性交。

当然，基督教道德允许夫妻控制生育，但前提是这种控制是按照"以人的本性为基础的客观标准"进行规划的。（《基督教教理问答手册》）至于这些建立在人性基础上的客观标准是什么，很快就写道："周期性的配额、以自我观察为基础的节育方法以及利用不孕期。"相反，"无论是在预期有婚姻行为，或在婚姻行为发生时，还是在其后果自然发展时，任何旨在阻止生育的行为，本质上都是不良行为。"（《基督教教理问答手册》）

因此，任何形式的避孕措施都受到明确谴责，无论是在性交之前（通过抑制排卵的激素水平的避孕措施，即避孕药）、性交期间（避孕套，隔膜，避孕海绵，终止性交，也称为手淫），还是在性交之后（第二天的避孕药，宫内螺旋），都不被允许。

28. 基督教的道德：限度

不起作用

针对基督教性道德的批评，第一条根本行不通，大多数基督教徒对此也不予理睬。我的这种说法，首先依靠的是几年前的一次认真调研，结果表明，天主教徒对性道德的宗教戒律大多不遵守：即使在遵守教规的女性基督教徒中，也只有8%的人表示她们用教会认可的方法来调节生育，即所谓的"自然方法"（事实上，对于她们所要求的本能而言，正如我将要表明的，这种禁欲方法是最不自然的）。从那时起，基督教性道德的执行业绩肯定没有改进，今天也有人认为基督教的性道德大约只有1%的人遵守。

鉴于2014年10月要召开家庭问题的主教会议，梵蒂冈决定通过八大主题问题的调查问卷向信徒进行问询，并对总共39个问题进行了深入研究，但2013年底至2014年初，罗马收集到的结果遭到罗马教廷的封存。一些国家的主教会议（比利时、瑞士、奥地利、德国、卢森堡、法国、日本）倾向于公布结果，这证实了人们早就知道的事实：人的具体生活与教会性道德之间距离太过遥远。同样由于这个原因，正如主教会议的筹备文件所承认的，一些牧师公开表明了他们对教会教义的不同意见。

事实上，今天的一切都证实了，1966年约翰二十三世在其工作结束时成立了教皇委员会，以研究节育方面的教会性道德的可持续性，即从根本上重新审视传统学说的必要性。但保罗六世并没有考虑该委员会的工作，两年后，用《人类生命的通告》确认了传统的理论。对此，红衣主教卡洛·马利亚·马提尼指出了观点的"错误"和"局限"。

也许有人会反对，一个不被遵守的道德规范并不意味着其本身是错误的，正如高逃税率并不表明不该纳税。这本身就是一个有根据的反对（事实上，这只是其他理论性多于社会性批评中的一个），但是，与一个不论人们如何应用都完全精确的几何理论不同，按照定义，伦理学旨在形成一种e-those（道德观），一种必须形成生活习惯的风俗，如果做不到，就只能是失败的。所以伦理学要么影响生活，要么毫无用处，只是一个理论偶像。尤其是作为基督教的伦理道德，它要像冉森教和诺斯替教派一样，使其伦理传达到所有人，而不是少数人。

它是抽象的

真正的伦理源于具体的生活。而现在的教会性伦理则是抽象的、经院式的、书本化的，不是来自生活，而是出自遵从过去权威决定的意愿，因此无法变成具体的生活。这一限度在它的自然理念中显得十分鲜明，而自然理念并不是在观察中具体显示而被理解接受（即在混乱＋理念的辩证推动下长期进化的能量），而是因为有人抽象地希望它能如此：一个由上帝居高临下直接规范、明确调解的现实。对于教会道德来说，自然只是理念，而不是混乱，因此自然是以法律的形式表现出来的，它最喜爱的形容词是"内在的"也就绝非偶然了：规则是自然逻辑的内在，从自然推论而来。

从这一角度来看，宗教性道德的决定性作用在于自然法的概念，认为服从自然及其循环周期就等于服从上帝。自然被认为是道德立法的标准，自然被认为是一种法律，由此产生了一种被认为是自然的法律。因此客观地说，它脱离了个人的主观意识，使人们远离了担心相对主义的暗示。自然被认为客观地表现了什么对每个人的生命是合法的，什么是不合法的，完全不顾个人所处的具体情况，这些情况往往彼此相差很大，而且不符合所谓自然法的客观性。

但事实并非如此。除了理念外，大自然也有混乱，所以这不是上帝的长手，服从自然不一定等于服从上帝。有人认为相反，不仅有性和世代等良性的自然表现，也有疾病和自然灾害等恶性的自然表现，因此必须前后一致，建立上帝与自然的直接联系。如果自然是世代繁衍节奏的立法者，为什么不应该同样是自然生物退化节奏的立法者呢？

所以他们认为约伯（Giobbe）的三位朋友以利法（Elifaz）、

比勒达（Bildad）、琐法（Zofar）理论上是完全一致的，他们认为上帝与自然表现之间的关系是如此固有，以至于把约伯的疾病和不幸解释为其罪过的直接后果，是自上而下的惩罚，一种非常宗教的世界观，但却受到上帝的谴责："你没有像我的仆人约伯那样谈论我的事。"（《约伯记》）不是吗？约伯怎么说？他否认上帝的意愿和自然表现之间的必然联系，否认自然只是理念，他主张《圣经》中的混乱有不可或缺的作用，因为存在着利维坦（Leviathan）、比蒙巨兽（Behemot）、拉哈珀（Rahab）等怪物。因此自然并非上帝意志的直接表达，而是一种结构性的混乱，正如使徒保罗所说，这种混乱导致了"法律的失效"和"沦为腐败的奴役"，结果"所有的生儿育女都是痛苦的"。这适用于整个自然和每一种自然现象，包括女性的受孕或非生受孕周期的生物现象。

教会神职人员对自然抽象的、意识形态化的解读，导致了双重结果：一方面是道德变成了道德主义，也就是进行规范时不考虑具体的生活情况，属于在每次解读具体情况时不想重新思考问题的特殊性，而宁愿自动服从他人决定的典型心态；另一方面，失去了与当代意识的联系，使得当代自然法的概念完全空白，正如梵蒂冈主教会议形成的文件所承认的："对于自然法的概念，绝大多数答复和评论都认为，在今天不同的文化背景下，似乎很成问题，甚至是不可理解的。"

在此基础上，教会道德在整个历史中经历了一种僵化的制度化，将其作为一套详尽的即用规范，但不幸的是也经常被滥用。这意味着个人的良知认为，无论如何源于自然的永恒的严苛规矩都是有效的，因此必须严守禁欲的苦修。

自然当然是制定伦理道德的标准，但它是一个非常复杂、从不静态、总在进化、也有退化、模糊不清、自相矛盾的标准，在涉及人性的时候尤其如此。它从不允许掌握其纯粹自然现象的中间人接触它，而只提供不断变化的近似性解释。物理学早就知道，科学家的作用不能等同于中立观察者的作用，因为他积极参与实验的构建，并以实验的最终结果为条件，因此，它永远不会是纯粹的自然现象，而只是由人类头脑解释的自然现象。如果这适用于亚原子粒子，则更适用于与人类生活密切相关的生物现象，如作为道德反思基础的生物现象。没有不是社会学、习俗史、自然哲学的人类生物学。

认识到这种结构性条件导致道德规范的相对化，不是要陷入主观相对主义，而是使其价值相对化。准则并不是绝对的，而是令善良、正义和真实的价值发挥作用，而这些价值才是我们要实现的目标。规则只是载体，价值才是在具体情况下要运送到目的地的宝贵财富。有些目的地可以使用最常用的载体抵达，但有些目的地则需要使用不太常用的载体。因此，即使是最神圣的准则，如"不杀人"也可以有例外：甘地也承认，"生命意味着某种暴力，我们只能选择轻微暴力的道路"。忽视这种规范与具体情况的关系，忽视这种需要始终掌握度和判断力的复杂性，就意味着像教会的性道德一样，会陷入抽象的教条主义。

然而，基督教传统的广度本身就包含了自我纠正和自我改造的可能性。从这个角度来看，国际神学委员会一份极好的文件已经提出了一项基本原则："在道德上，纯粹的推论是不够的。道德家面对的具体情况越多，就越需要运用经验的智慧。"

只承认生物学

认为自然是由上帝直接统治的，因而要接受自然法的规律，这一事实促使教会道德对生物及其规律给予了毫无争议的首要地位，而不利于人的意识和精神。这就形成了一种以生育观为标志的性道德，也意味着性几乎只是引向生育。过去主张女性必须在睡衣上绣上这样一句流行的名言："我并非为取悦自己而做（爱），而是为了给上帝生孩子。"像安布罗乔·瓦尔瑟奇这样一位对天主教道德历史有深刻了解的人也说："生殖终结被认为是唯一可以使性行为合法化的手段：任何不符合时代的拥抱都被谴责为有罪。"这始终是导致今天宣布任何不生育的性行为"本质上不诚实"（《人的一生》）的标准。

几个世纪以来，生物生殖功能的首要地位也产生了另一种负面影响：将妇女几乎完全视为生儿育女的一种工具。从这个角度来看，托马斯·阿奎纳自问《创世记》（上帝说："男人孤独是不好的，我要给他相应的帮助。"）通过创造女人向男人提供帮助的性质是什么呢？他的回答是"有助于繁衍后代"，因为"对于任何其他功能，男人可以从另一个男人那里得到比女人更好的帮助"。所以不仅仅是性，女人的存在本身也被认为只是为了生育，为了成就男人若无女人就无法完成之事的帮助。通过坚持这一观点，这位史上最有影响力的天主教神学家只不过是阐述了古代世界普遍存在并在《新约》中得到证实的思想，《新约》中可以读到这样的说法（此言归于使徒保罗，但很可能是他的门徒）："女人要在完全服从的情况下默默学习。我不允许妇女教导或支配男子；她应保持相当听话的态度。因为亚当是先形成的，而后才是夏娃；亚当不是被欺骗，但越轨犯罪的是那个女人，她任由自己诱惑男人。现在她因生儿育女而得救。"（《提摩太书》）《圣经·新约》还有一篇更古老的保罗名言："每个男人的首领都是基督，每个女人的首领是男人。""男人不可遮盖头，因为他是上帝的形象和荣耀，而女人却是男人的荣耀。"于是她必须用面纱遮盖头（就像几十年前妇女们在教堂里所做的）；他说"男人并非生于女人，而女人却生于男人"，"男人不是为女人所造，但女人却是为男人而生"。保罗说："然而，在主而言，女人不能没有男人，男人也不能没有女人，因为其实女人是从男人而来的，男人也是从女人而来的"，可见很明显，整体的说法就是女人对男

人的密切依赖。(《哥林多前书》)

当然，现在基督教徒的思想发生了变化，无论关于女人还是性，最终也被认为是相互爱情的表达，而不再仅仅是生殖工具；但对教会性道德而言，这种变化的具体效果要延迟一段时间才能显现。事实上，不明确地以生育为目的的性交的道德合法性还没有得到完全承认，几乎只有那个目的才能将其定性为符合人类利益的良好行为，是爱情和生命关系性质的表现。根据教会的性道德，一个男人和一个女人，为避免生下不想要的孩子从而使其处于不幸状况，剥夺生育可能性的性结合被视为道德上的违法乱纪，是对自然法的一种犯罪行为，正如我已经说过的那样，这是一种"本质上不诚实"。

教会道德允许负责任的计划生育，条件是计划生育是通过所谓自然方法进行的，即把性关系限制在妇女的安全期。我认为这种观点将自由置于生物需求之下，存在以下缺陷：

　　——它是对本能和欲望的真正羞辱，也使女性因无法在生育期实现性生活而感到沮丧。(当然，想生孩子的性结合例外，但对于一对夫妇而言，这样的时候远不及需要避孕的结合多。)

　　——与前者相反，即使夫妻中的一方或双方毫无性结合欲望，也必须要在易受孕的时期做爱，这也是一种挫败感。

——包含一种虚伪的前后矛盾，因为既然性结合要与生育密不可分，那么基督教的夫妻只应在易受孕期做爱，而避免在所谓安全期做爱。

说这种性结合与生育之间的分离是合乎自然，因此也是上帝所要的，这只能表明自然是上帝意志的表现之说的局限性，照此逻辑就必须解释清楚从遗传疾病开始到灾难和疾病，不然一个连生育周期都关注调节的上帝，却不在乎母体中受孕的小小精子的染色体正常与否，这不是咄咄怪事吗？事实上，真正的教会道德精神在逻辑上只要求在易受孕期才实行性结合，但就连少数愿意按照自然方法遵守其道的人也会违背此要求。我认为，很难想象实施一个有理有据的理论会出现比这更令人尴尬的情况了。

不太了解生物学

教会的性道德讲了那么多自然和人性，但事实上，由于其抽象性和教条主义，它显示出对人性，特别是女性的认识不足。性交与生育的绝对不可分离性就要求有意避免怀孕的配偶利用非易受孕期做爱，而在易受孕期放弃做爱，但这是对自然本能的一种强烈而有害的破坏。事实上，女人性欲最强烈的时期正是排卵期，那才是女人更愿意、更有吸引力且乐意被吸引和做爱的时候。专家解释说，这是因为在易受孕期的女性性激素更加集中，特别是与性有关的性激素达到高峰，导致欲望增加，美丽、滋润和弹性都增至峰值。性学家 Alessandra Graziottin 说，女性体内的睾丸素"通过增加性欲和精神兴奋作用于大脑"，因此"许多研究认为，在排卵期间性梦想和性幻想的发生率较高并非偶然"。因此，在易受孕的日子里，性交具备使女人和男人得到充分满足的一切条件。可是所谓自然法却说，就在那个时期，你必须禁欲！

当然，包括基督教徒在内的几乎所有人都很乐意考虑独身男性的道德观。事实上，根据牛津大学出版社的《人类生殖》科学杂志，排卵期间的性行为增加了 24%。

最后，我要指出，治安官的报告不是一种可以原谅的无知，因为早在 1966 年，约翰二十三世成立的生育调节委员会的一名成员，来自华盛顿的心理学家约翰·卡瓦纳就报告说，他对 2300 名使用易受孕期禁房事法的妇女进行了一项研究，发现"受访者中的 71%"认为，教会提出的方法"恰恰是排卵期比其他时期性欲更强"，这位北美心理学家继续说，教会提倡的方法"比其他方法更为有害，把基督教徒弃于感情不成熟与经济贫困之中，使他们感到不安全、虚弱和沮丧，结果便是严重的心理问题"。保罗六世在撰写《人类的生命》时完全忽视了上述这些话，而他对卡瓦纳观点的忽视，最终与基督教徒对他的谕令提案的忽视成了正比。

无视良知的首要地位

教会性道德意在服务于人的尊严，我想大家都能赞同，这种尊严的事实就是尊重人的本性。但现在我们要问的是，什么是最人道的：理解、想要和决定的自由，还是服从于一种生物需要而强加的作为和不作为的标准？我相信人的尊严就在于自由且负责任地运用自己的智慧和意志。我相信人的本性并不是以生命周期的节奏来表现的，而是以负责任的智慧和意志来表现的。换句话说，我相信良知至上。

说这番话，我不过是表达了犹太教－基督教传统最深的意义。《圣经》是这么说的：

——耶稣·本·叙拉说："地上一个人的良心，有时比上面七个监视的人更能警戒。"（《叙拉》）

——拿撒勒人耶稣说："你们为什么不为自己判断什么是对的？"（《路加福音》）

——塔尔苏斯的保罗说："所有不是出于良心的都是罪。"（《罗马书》）

所以基督教会的一些声明肯定：

——第二届梵蒂冈委员会："良知是人类最深处的秘密与核心，在良知中，人只与上帝同在，上帝的声音在人自身的隐私中回响……出于良知的忠诚，基督教徒和其他人一起寻求真理，并按照真理解决许多道德问题。"（《现代世界教会的牧区宪法》）

——目前的教义问答："人必须始终遵守其良知的肯定判断。"（第1800条）

——国际神学委员会："只有人的良知，人对实际道理的判断，才能制定立即行动的规则。"紧接着又写道："道德法则不能被说成是预先强加给道德主体的一套规则，而是对其个人决策过程的客观启发。"

这才是最纯正的基督教传统的核心：决策过程明显是个人的。但对于宗教学说而言，这并不适用于夫妻良知的性道德，因为夫妻必须按生物学做决定，而将良知置于从属地位。

不尊重《圣经》的要素

最后，教会的性道德无法把握和传达《圣经》信息的逻辑。在此，我当然不是指在各种《圣经》典籍中对妇女和性生活往往落后的看法，比如我在上面提到的一些《新约》里针对女性的句子，因为负责任的道德任务肯定不是陈述这些陈旧观点的字面意思。相反，我指的是《圣经》信息的整体逻辑，或者更确切地说是它的进化动态。事实上，在《圣经》中，有赞成一夫一妻制的话，也有赞成一夫多妻制的话；有讲婚姻不可拆散的，也有讲可拆散的；有讲女性的生育能力和童贞的，也有讲女性的低人一等和女性平等的，对其身体有贬低也有赞颂。所有这些都构成了不可背离历史背景的明确教导，这意味着某个特定领域的道德上值得称赞的习俗（如族长时代的一夫多妻制）并不适合另一个范围（如耶稣时代）。对《圣经》信息逻辑的整体研究提出的是一种牢固植根于具体情况的道德观。

还有另一点重要的考虑。在一本专门针对性爱的圣经书《雅歌》中，性欲构成了信息的特定中心，而不是经常备受争议的次要对象，例如在圣保罗的信中，甚至根本没有提及性的生育功能，性爱只是其自身具有的正当理由，因为它不过是表现出人的成熟旺盛，无需任何其他类型的解释。《雅歌》的教育再清楚不过：人们完全可以排除生育目的而做爱，性的人际方面远高于生育的维度。而生育当然是夫妇在其存在的整体关系中所追求的，《圣经》有力地强调了子女的重要性，但这并不意味着每一次性关系都必须始终向生育开放。

这意味着构建教会性道德的根基，即性交与生育之间的不可分离性，被专门论述这一问题的最重要的圣经书所否定。

结论

基督教会的性道德是建立在所谓自然法的客观性基础之上，而主观上人也应该按它规范自己的特殊情况遵守。然而，事实证明，这是一个过于沉重的负担：在实践中，虽然此法源于自然法，但绝大多数基督教徒不了解这一点，非教徒则根本不考虑这一点，因此就无法有效和一贯地执行。在知识层面上也是如此，因为大量求助于冉诺称为"道德神学上的错误论证"，导致大部分基督教徒并不遵守教会的性道德，也有人对教会的归属感下降，甚至产生对信仰的动摇。因此，基督教会负责人有义务重新审视这方面的理论，并加以更新，使之真正有助于人们的具体生活。

这只是从"基督教"的角度来思考。我们必须要像我们在社会道德方面所做的那样，在性道德方面走一条深刻的革新道路，从抽象的客观标准（真相权）转变为更具体的主观标准（人权），在性道德领域采取同样的标准，使基督教做出以下必要的开放：

——肯定避孕。

——肯定婚前性关系。

——承认同性恋伴侣（我稍后将阐述同性恋）或者说它是上帝、社会和教会眼中的真爱结合。

到此，有人会问，是否还能谈论基督教伦理。我回答，其实并没有什么基督教伦理，伦理是关于善的科学理论和实践。而善，顾名思义，是普遍性的，它是一种超越生命的东西，表现为产生生命和谐和组织能力的现象。没有基督教的好东西，就像没有基督教的好人，也没有基督教的美。如果真如此，伦理就是单一的，适用于所有人，所有人的良知应立即承认它，而没有任何具体的特性区别。因此，问题不在于维护基督教伦理的特殊性，而在于要从普遍的角度来思考，即真正的基督教角度，即所谓"普遍"的形容词（源于希腊语 katholicos，它由介词 kata〈朝着〉和形容词 holos〈整体〉组成）。

29. 由下而上的性伦理

我反对宣扬爱情无道德的主导立场，深信人类需要一种包括性生活在内的伦理道德：一种智慧的道德，告诉人们正确处理好这种往往非常复杂的存在维度的标准。只留给自己自由是不够的，因为爱情也包含着巨大的危险，是一种无法抗拒的力量，可以支配生命。真正相爱的人有什么防御？康德写道："真正陷入爱情的人是尴尬、笨拙和没有吸引力的。"然后他继续写道："但是如果他有天赋，会装成一个陷入爱情的人，就能自然地发挥自己的作用，以至于他所欺骗的可怜女孩对他投怀送抱，这是因为他的心是自由的，他的思想是清醒的。"当然，女人也是如此，她们甚至把许多可怜的男人拥入怀里。人性本身就是模棱两可的，尤其是当它在性表现中遇到爱的现象的黑暗力量时。因此，对道德的需求是显而易见的，正是我们的道德性质（即对这种能量的特殊支配，使我们头脑中具有正义和权利的意识）提醒我们需要道德，以尊重他人和自己的方式过性生活。

但我也相信，这种道德不应该自上而下地推演。相反，它必须自下而上地靠分析制定而成，从每个人的良知出发，从倾听所属精神传统的戒律出发，再结合具体情况的需要进行考虑。同时，我认为不应该总是把越轨行为看成是罪过，甚至是致命的罪恶。原因至少有三个：第一，要牢记明智地区别道德规范与个人面对的生存挑战和自身弱点时的具体情况；第二，由于知识和意识的不断演变，即使在伦理领域，人类的每项规范也都是过渡性的；第三，我们永远不要忘记，每个观点，包括自己所属的传统都不可避免地存在不完整性（那些不相信这一点的人，不妨看看历史上众多的错误和罪行）。

因此，我们必须设立和构建性生活道德，同时也承认其限度：外在的限度，因为并非所有人在具体考验面前都能始终遵守该道德；内在的限度，因为作为人类的道德构建，将永远受到演变和错误的影响。

30. 纯洁的和不洁的行为

每一种性道德都基于这样一种信念，即在性行为中存在着合法和非法的行为，并且可以根据基督教十诫第六条的规定，将行为区分为纯洁行为与不纯洁行为，即"不要从事不洁行为"。但这真的可能吗？当两个人相爱并彼此渴望的时候，他们的性交是否真的就是不纯洁行为？或者说不是不纯洁行为，因为一切都取决于他们的内心，所以被归类为淫秽的行为实际上可以是纯洁的，反之亦然？

这两种观点都有支持者，但我认为将内心性赋予首要地位的观点更有道理。根据《圣经·新约》中的陈述："一切纯洁者都是纯洁的。"许多人在《约婚夫妇》中看到，看门人不愿意让被罗德里格斯手下追赶的露琪亚和安妮丝在修道院过夜，而克里斯托弗罗神父对他只说了一句拉丁文 omnia munda mundis（万物皆纯净），就使其放下了种种担心：对于纯洁者而言，一切都是纯洁的，起决定性的是内心的纯洁，这使人能够超越任何严格的清规戒律。

然而，这种内心的纯洁并不是一个方便的通行证，而是一种严格的生活检验标准，而且《提多书》中继续写道："对于纯洁的人来说，一切都是纯洁的，但对于那些腐败而且没有任何善意的人来说，什么都不是纯洁的：他们的思想和良心都被腐化了。"内心腐败且缺乏善意的人（善意在这里不应理解为对教义的信仰，而是作为对有益于生活的基本诚信）也可以在遵守所有道德规范的情况下与配偶性交，但他总是只为自己，从不追求对方的快乐和幸福。道德来自外在行动和内在意图的结合，但最终决定一个人道德水平的是其个人的内心，这是《新约》取自希腊哲学的教训，称为 noûs 和 suneidesis（思想与良知）。

整个道德史就在于客观维度和主观维度、外在准则和良知至上之间的辩证法。我坚持良知和主观维度的至高无上，因此我支持一种基本形式的道德规范，它不是指出什么应该做和什么应该避免，而是指导人在具体情况下自由地实现最大利益和关系和谐的标准。形式伦理，正如康德已经充分理解的，是使良知真正发挥其首要作用，从而使个人在具体情况下达到尽可能最好的条件。因此，我同意美国天主教神学家玛格丽特·法利的观点，认为性生活是一种完全形式的道德规范，具有以下七个性行为准则：

a. 不要不公正地伤害

b. 自由认同

c. 对等

d. 平等

e. 承诺

f. 成效

g. 社会正义

肯定形式优先，意味着置于最高地位的，不是别人抽象思考无论何时何地都一律有效的准则，而是自己的良知和区分此时此地在自己具体情况下如何实现具体人利益的能力。

那么，对于不纯洁的行为当如何评论呢？当一个男人和一个女人，在他们彼此充分合意和相互爱恋的情况下结合时，没有什么色情方面的东西是不纯洁的。与另一个人的灵魂和心理如此和谐，致使一个人的身体只想获得最大的快感（性欲）、最大的幸福感（心灵）和最大的快乐（精神）。我认为，与其他维度相协调的最大快感的具体寻求，应该完全由夫妻自己决定。精神和智慧的任务是指出前进的光明目标，而让个人自己去找具体道路，因为他们自己要走的道路，对某些人是一种应该避免的危险之路，对另一些人则是一个不可缺少的步骤。

在这里，必须区分阿芙罗狄蒂·乌拉尼亚（纯爱女神，维纳斯的别称）和阿芙洛蒂·潘得摩斯（性欲女神），这都是神话人物，告诉我们人类的性生活中既有纯洁的柔美之爱，也有淫秽的粗糙之爱。在性活动中，有些人更倾向阿芙罗狄蒂·乌拉尼亚（智慧之爱），有些人更倾向阿芙洛蒂·潘得摩斯（病态之爱），但我认为正常的生活应该尊重这两种情况，无论是高雅还是庸俗皆有其道。对这一点，我赞成大希腊（即意大利南方）一位女士的观点——席亚诺，她是希腊哲学家毕达哥拉斯的门徒，也是其妻子，本身也是哲学家，她劝告要和丈夫一起睡觉的女人，"连同衣服一起丢掉所谓的羞耻之念，等到起床的时候，再把贞操和衣服一起捡回来"。这不是一种没有廉耻的生活，而且非常重要，因为它标志着内心的精致，所以在日常生活中，在语言、服装、姿态等方面，必须培养这种精致，而不在乎生活中的所谓廉耻之说。更确切地说，正如席亚诺所想，这是一个理解的问题，就像做爱必须脱掉衣服一样，也必须放下灵魂里的羞耻之心。

事实证明，在人类的性生活中，也有一种欲望，那就是把粗俗、低级的本能和那些对某些人来说仍然正常的行为，而对另一些人则是可耻、下流，甚至将自己都无法接受的冲动发泄出来。我们可以肯定的是，这种超越性的维度一直是人类性行为复杂混合物的一部分。这种违规的需要可以解释在性交时的口交、肛交和其他非传统形式中对特定姿态的渴望。在这方面，我认为谈不上什么伦理道德，只是要尊重对方，包括其身体和全部的人格，这就是对等的黄金法则体现："己所不欲，勿施于人。""对他人做你想要其他人对你做的事情。"如果你想要进行口交，可以问问自己是否愿意被另一方施以口交；如果你想进行肛交，也请先问一下自己是否愿意在你身上施行；因此，对其他任何或多或少不同常规的性冲动想法都应如此。如果你觉得那种做法对你而言是一种羞辱，那也要避免羞辱对方。如果你真的想要接受对方的人格，而不仅仅是利用其肉体，那么即使对方想要为你而羞辱自己，你也不要同意，因为你必须鼓励对方作为自由人的尊严。色情之爱的品质会因对他人自由的爱护和尊重而受益。

31. 手淫

我现在介绍我对一些敏感的性生活问题的看法。根据受试者的情况，我把问题分类如下：只涉及自己的问题（手淫）；涉及没有法律关系的另一个人的问题（婚前关系、通奸）；涉及与自己的自由有关的人，即有宗教婚姻或者民事婚姻关系，或者有基于爱情约定的稳定的同居关系问题（计划生育、婚外奸情、离婚）。最后，我将谈一谈同性恋、双性恋和所谓变性人现象的问题。

关于手淫，首先必须指出，这是一个词源不确定的术语，或许已经在语史学方面表明了提起这一话题的尴尬的特殊情况。此术语联系到拉丁语的动词 turbare，它前面加的有时是名词 mas，即拉丁语的 maschio，有时是名词 manus，即 hand，于是就有两个可能的含义：在第一种情况下 mas-turbare，即"男性的干扰"；在第二种情况下，即"手的干扰"，所指的当然是性器官。今天，也有关于自我刺激性欲，或者更常见的自我色情主义的讨论。在道德领域虽属于负面的，但仍然有人用于表达某人独身求快感的恶习，而俄南之罪（onanismo）这一术语表示手淫其实是一种不正当的用法，该术语来自圣经人物俄南（Onan），他不是手淫，而是中断性交。也就是说，在马上要射精时，为了避孕，将

阴茎从阴道里抽出来，使精液洒在地上。(《创世记》)

众所周知，宗教教义不容辩驳地谴责手淫，而主流文化则倾向于几乎无条件地赞同手淫。而我认为，《圣经》与许多基督教教义谴责手淫的话大不相同，无论是在犹太教的经文中，还是在《新约》中，都只字未提手淫的事，这是非常有意义的。我认为这种沉默是一个重要的事实，它表明了在一个涉及个人隐私的范围内应该采取什么态度，甚至比两人性关系的问题更为审慎。所以，即便不沉默，任何人也都必须考虑这一点。

正如《基督教教理问答手册》第2352条中所写的，天主教教义对手淫的定义论点是什么：一种内在的严重无序行为？以前人们强调精子的流失和自我亵渎会带来疾病，而今天却认为手淫代表着以自身寻求快乐为目的，完全超出与对方性关系和生育的内在目的。

关于精子流失的话题，如今生物知识的进步彻底打破了旧的观念，即精子中含有潜在的生命，因此必须小心地避免任何精子的流失，而这种说法对于女性的手淫没有任何分量。至于手淫可能对健康造成的损害，今天人们普遍都知道是没有的，除非习惯变得过于强迫，但这适用于生活的各个方面，只要变成一种无法摆脱的顽症就都是有害的。最后，关于我们提出的当今谴责手淫的话题，我们必须扪心自问，追求快乐本身是否在道德上是应当谴责的呢？我的回答是，只有事实证明是对某人或某事不利的情况下才应当谴责，而手淫的情况不属此类，不会伤害到任何人。

但是，一个人对自己手淫呢？可能是有害的，也可能是无害的，首先要分清年龄。事实上，青春期的手淫基本上是生理成长过程的一部分，也就是说，"在西方国家，大约90%的男孩和50%的女孩在青春期有自我刺激的阶段"。因此，青少年手淫不仅不会伤害其自身，而且似乎是一个过程，对于大多数人来说，虽然不是必须的过程，却是达到性方面自我意识所需的。

成年期的问题则不同。现在我认为毫无疑问，性欲是对差异性关系的一种呼唤，所以手淫，特别是在某种程度上，首先把性能量倾注在自己身上变成一种习惯时，可以产生一种自我闭合的病态，一种心理的囚禁，一种将一切都引向自身的欲望，一种性自恋。然而，同样真实的是，在某些情况下，一个孤立的行为可能是个人得以释放性欲和寻求心态平和的唯一方式。苏格拉底曾经说过"有很多方法可以毫无危险地释放性欲"，而他的弟子第欧根尼，过去常常为满足性欲而手淫，而且并没有什么问题，甚至抱怨自己不能同样解决对于食物的欲望。

但问题是，除了第欧根尼，我不知道还有多少人，性欲的"饥饿"来自对另一个人亲密关系的追求，而这种追求肯定不能通过手淫得到满足。其实，与另一个人的性生活越多，就越不需要将性能量倾注在自己身上。

32. 婚前性关系、淫乱和卖淫

我不认为，性行为只有在婚姻中才能说是合法的：性就是婚姻。相反，我认为可以有道德上合法的性行为，而没有婚姻的约束。

必须考虑到，各大宗教都是在一个社会结构与今天大不相同的时代形成的，当时个人与部落、宗族、家庭相比价值低得多，这里的家庭是比今天所理解的家庭要大得多的一个有机体。婚姻并不符合相互了解和个人相爱的逻辑，而是由他人而非配偶拍板决定的社会契约。此外，特别是女性的成婚年龄远低于现在的习惯（柏拉图预料女性 12 岁就可以结婚），所以婚姻是与进入青春期和性欲的兴起同时发生的。因此，一说起婚外性行为，就意味着通奸或有恋童癖的性行为，而不考虑其反抗社会秩序的性质。我认为，这就是为什么所有宗教传统以及柏拉图主义和禁欲主义等重要的哲学运动（为了爱情，你必须尽可能在婚前保持纯洁），所有人都一致谴责婚前性关系。

然而，今天情况已经彻底改变，今天的婚姻在年龄很大的时候才实现。更重要的是，随着个人的存在不再服务于所属的家庭结构，个人存在本身就是一个目的，是家庭结构要为其存在而服务。

这就是为什么现在完全禁止婚前性行为以及禁止婚外性行为是毫无意义的。当然，我并不认为以追求个人快感为第一和唯一目的的陌生人之间性结合的自由主义在道德上是合法的，传统上被称为 fornicazione（通奸）一词，托马索·达奎诺解释说："就是源于 fornix 的，也就是凯旋门，因为女人们聚集在那里，引诱人们。"事实上，我认为，当性活动脱离了一个人对另一个人的感情承诺，当它只是一场游戏或狩猎时，就不会给生活在其中的人带来任何好处，就相当于"把珍珠扔给猪"。但是，当两个具有情感、真诚、尊重并向往未来的人相互承诺时，不可能不考虑到性结合多么有利于他们的相互了解和理解。事实上，我认为不仅对和谁在一起，而且对两人在一起后会变成什么人的意识达成默契时，就应该结合了。

让我引用安德烈·勒·沙浦兰的作品来解释一下。大约1185 年，他写了一篇文章《论爱情》，把爱的演变分成了四个级别：给予希望、亲吻、性交和整个人的相送。请注意，性交先于整个人的相送，而不是所有宗教的传统道德认为的自我相送在前，正常生活的事实证明了他所说的性交在前的论断，因为只有通过性交才能达到那种对自己和他人的充分认识，然后才能做到完全自由的自我相送：只有全面了解一个人的身体和性格，才能说是真正了解了这个人。

关于卖淫，有一句话，说它是"世界上最古老的职业"，我不知道是谁说的，但毫无疑问，它在所有伟大文明中的存在是一个不可否认的事实，表明了它能满足真正的实际需要，甚至那些看似不需要它的人也不能不如此，正如保罗·萨皮斯在《特伦托主教会议历史》中对参加会议的 300 个神父的伴侣也有提及："那 300 个诚实的妓女是值得尊敬的，那些被他们称之为轻浮的女人是多么有礼貌。"也许这就是耶稣为什么会在神庙里对祭司说这些妓女会比他们更先进入天国之门的缘故。(《马太福音》)

然而，妓女是一码事，她们几乎都是被迫沦落到这种境地的，而他们的顾客是另外一码事。我认为，卖淫从道德的角度应该给予负面评价，一个社会，如果没有人被迫卖淫或者需要靠找妓女来满足性欲，那真该被认为是幸运的社会。

33. 生育调节

我认为，无论是通过系统的避孕措施还是绝育，完全排除新生命的产生，永久性地降低出生率，是违背了每一个生命都必须承担的自然责任，因为每个人被赋予的生命本身就有重新赋予生命的义务。每个人来到这个世界，都是因为有人创造了它，并赋予了他生命，这意味着我们也同样有责任创造新的生命。

这是人类生存的基本任务之一，尽管可能有一些重要的例外情况，其中至少有三个值得注意：（1）不适合的健康状况、经济状况或情绪稳定性；（2）地球人口状况不利于进一步增加人口；（3）意识到在生命中有更重要的任务，为之需要牺牲全部精力，包括本该用于生育子女和教育下一代的精力。

我也相信，在夫妻生活的历史广度上，必须对生命的繁衍开放，但不是每一次性关系都要如此。这是除基督教外的人类所有伟大精神传统的信念。我认为，通过在性交之前和期间进行干预的避孕方法对生育负责的调控是完全合法的，而且是有功的和有远见能力的标志。它也表现了对性本身的积极观点，作为一种男女之间结合、了解和获得快感的形式，完全可以撇开生育目的，因为良好的性行为，根本无须以生育为必要条件。

在性交后进行干预的避孕方法就是排除受精卵，如果没有人为干预，受精卵会变成胚囊、胚泡、胚胎、胎儿，最后成为新生儿，因此这种干预无疑代表了一种在形成新生命的条件下消灭该生命的堕胎行为。因此，在伦理上是非道德的，因为尊重每种生命形态都是道德的实质基础，即使允许人为调控生育的宗教，也一致谴责这种避孕方法。

最后我要说，对堕胎数量下降做出主要贡献的是有意识和有效的节育：当所有人都明智地实施避孕措施之时，堕胎数量将几乎等于零。

34. 通奸

从词源上，通奸（adulterio）一词来自动词"改变，变质"（alterare），与原始的拉丁语 adulterium 相比，词义在几个世纪中始终保持未变。通奸是一种变质行为，因通奸而改变原始状态，使之变坏，而且大多都不公开宣布这种变化，就像一瓶虽然还带有原始标签但已经变质了的葡萄酒。通奸是欺骗行为，婚姻不忠的第一个也是最重要的后果恰恰是谎言，成串的虚假、隐瞒，捏造的名字和地址，不可避免地把人拖入双重或三重的游戏。

我认为，对爱敞开心扉的人最大要求是彻底放弃自我，无限信任对方，毫不吝啬分享自己拥有的一切；我认为爱情是为了克服自己原来的孤独，把自己融入一个完整的生命共同体的需要，这是一种全新的、原型的体验。也就是说，它几乎代表着重建一种失去的原始状态，就像将一件受到时间损害的艺术品加以修复。爱情把人带入一个绝对的共同体，有一种终于兑现诺言的意味，有过这样人生经历的人，比没有经历过这样人生的人，要获得更大的幸福。

背叛这种信任可以说是污染道德良知最严重的罪行之一，所以丹尼·德·鲁格蒙说的"人类一半的不幸都归结为通奸"绝非偶然。所有宗教都毫不含糊地谴责通奸行为，哲学家中也有明确表态的，比如毕达哥拉斯（需要我们确保只与我们的妻子发生关系），柏拉图（忠于最初签定的婚约），而皮耶罗·马蒂内蒂对通奸则表示轻蔑："对于每一个健康和正直的人来说，除了其他一切之外，通奸还是一种污秽的、下流的、狗一样的杂交，应该引起身体和道德上的厌恶排斥。"

出于本能的反对是显而易见的，那么对夫妻间如此频繁的不忠行为又当作何评论呢？去除通奸，世界文学的很大一部分，从荷马的海伦和帕里斯，到托尔斯泰的安娜·卡列尼娜和沃伦斯基伯爵。答案很简单，就在于将唯一的和忠诚的爱的理想（这仍然是每个人必须坚守不变的、纯粹的目标），与人类的不足、欲望、痛苦、弱点和庸俗的具体情况加以区分。因此，无论通奸有多么频繁，也只表示失败和卑劣，因此在道德和精神上仍然是不可原谅的，但我下面提到的特殊情况除外。

首先，我要明确指出，对违反婚约的通奸行为的指责，同样适用于夫妻双方。我之所以这样强调，是因为犹太人对女性和男子的角色加以区分，声称女性的任何婚外性关系均为应受指责的通奸，男子则只有与已婚妇女发生婚外性关系时才算通奸；而且伊斯兰教规定男子可以有不止一个妻子，甚至是合法的妾室。直到几十年前，意大利的法律制度也反映了这方面的不对称，因为1930年《刑法典》关于通奸的第559条只提到妻子通奸（判处两年以下监禁），而关于丈夫的第 560 条，则只是对稳定的婚外同居才给予类似处罚，以上两条分别在 1968 年和 1969 年废除。所有这些都表现了一种相当普遍的心态，即使伟大的哲学家也不例外。例如叔本华就说过："女人的通奸要比男人的通奸更不可原谅。"

我现在得出的结论是，可以为通奸案辩护的只有一个例外。为了说明这点，我要引用法国 18 世纪的作家和道德家查姆福的一段话："当一个男人和一个女人都彼此感受到一种强烈的激情时，在我看来，无论他们之间被什么障碍相阻隔（丈夫、父母等），两个恋人的结合都是自然的，尽管有人类的法律和惯例约束，这还是属于他们的神圣权利。"即使在今天，也有这类人的例子，男女双方彼此所怀的激情，到达一方的生存根本不能没有对方的程度，从而打破了以前的婚约束缚。然而，这类案例只是表面上为通奸辩护，因为事实上，这类案例更证实了对通奸更深层次的定罪。对经历这种案例的，并不是一种短暂的冒险，而是一种崭新的、不可抗拒的爱情体验。这种体验倾向于完全的排他性，有时只是为了自己，以致毫不犹豫地打破以前的婚姻局限，缔结新的婚约。所以，这一切都与自由主义无关，自由主义总是渴望新的色情冒险，但这种人则相反，生活在一种信念中，无论经历多少痛苦与曲折，一旦认为终于找到了自己生命中的挚爱，就将全心全意地守护着它。

35. 离婚

我认为在爱情关系中，个人与夫妻之间存在着微妙的辩证关系。一方面，个人必须把自己置于夫妻关系之中，夫妻关系是一个更大的现实，必须从第一人称单数的思考转变为第一人称复数的思考，即凡事想我们，而不是只想我；但在另一方面，这种对我们的服务和服从适应的结果应该重归活跃和加强自我的存在。事实上，检验夫妻关系是否良好的是个人。目标是个人的利益，而不是泛指夫妻的利益。当然，要真正达到个人利益的目的，个人必须学会超越自我，但是，假如夫妻两个或者其中一个深感不快，那么这对在外面看上去运作完美的夫妻又有什么意义呢？

换句话说，我主张必须把夫妻的利益放在个人利益之上，但与此同时，从这种个人的付出或投入中，个人必须在生活的福利、精力、快乐方面得到具体回报。如果没有这种回报，个人对夫妻关系的投入就变成了一种连续不断的牺牲，一种以义务为名的自我牺牲的日常生活，那么夫妻俩就变成了一种偶像，从激励变成了抑制，从氧气储备变成了变质的空气，从对个人免遭各种危险的保护，变成自己需要不断为之付出的陷阱。至此，个体就必须自我拯救了。

离婚的伦理道德和精神上的合法性便由此而来。它被各大宗教的传统精神所接纳，包括东正教和新教，唯一例外的是耆那教和基督教。对于前者（耆那教）我不允许自己说什么，而对基督教在离婚问题的立场，我认为是一个必须纠正的局限。基督教徒已经在其他重要领域进行了重大的趋势逆转：只需想想宗教信仰的自由，在若干世纪中，宗教裁判所否定和压制宗教信仰的自由，但第二届梵蒂冈教务会宣布了宗教自由合法；再想想读《圣经》，先是禁止信徒阅读，现在却推荐大家阅读了；还想想基督教与天主教及其他教派的关系，他们以前被宣布为异端和分裂教会，而现在是分家的兄弟；再想想与犹太人的关系，从前称其为"奸诈的犹太人"，现在又称之为"大哥"了；还可以想想死刑，以前被认为是合法的，犯了罪，教皇就能判其死刑，而现在则备受指责。所以基督教关于离婚的说法也必然要改变：只是时间的问题。

有人会反对说，这是永远不可能的，因为这涉及对耶稣旨意的尊重，他说："人不可分神所联合的。"是真的，耶稣说过这些话。但他还说过许多其他的话，并不总都适用于具体的存在；事实上，有些话并不是从字面上来理解的，而是被正确地解释为所谓的悖论和预言性的召唤：比如说，如果你渴望看着一个女人，你就得挖掉一只眼睛（《马太福音》）；要成为天国的太监（《马太福音》）；要不随身带钱（《马太福音》）；要不随身携带任何东西，包括棍子、背包和凉鞋（《马太福音》）；要用手抓蛇喝毒药（《马可福音》）；要不以任何方式反对恶人的暴力（《马太福音》）；要憎恨父亲、母亲、妻子、孩子、兄弟姐妹而只追随他（《路加福音》）。今天谁会按字面引用耶稣的这些话？我们能看到有多少缺一只眼睛的基督教徒？至于耶稣说要避免的那些金钱，基督教会对其所有海量的房地产参股当作何解释？至于不反对暴力，又有谁认为执法机关是非法的？有多少追随耶稣的基督教徒会憎恨自己的亲人？

因为没有人按字面意思引用耶稣的这些话，所以我认为他关于离婚的话也不应字面引用，正如东正教徒和新教教徒一直善于做的。这些话讲的是婚姻的理想，是每个人都追求的完美婚姻，当然是不可离婚的。但是，仅仅因为婚姻的理想是不应解除的，就把每一个婚姻都看作是无法解除的，这显然就意味着不了解人生状况和生活艰辛，就意味着要求人们追求道德上的完美，而这种完美往往太高，会引起挫折和不幸，一系列非道德的生活，使生活的责任感和喜悦感消失。基督教会应该改变其对离婚的立场，顺应人类伟大精神传统的明智立场，从而避免各主教区法院和教廷最高法院（圣轮）批准实际上从未真正存在过却维系多年的婚姻。

36. 同性恋

一次邀请

2011 年年底，我应意大利同性恋天主教徒论坛之邀，在他们的会议上发表演讲，并参加之后的辩论。我接受此邀请很不容易，因为在我的阅历中，从未系统地面对过同性恋话题，而我在神学教育中所学的东西，完全与邀请方的人生活经历相反。我所学道德神学的主要作品的作者之一，德国人伯纳德·海灵，被认为是教会和解大会之后最开明的头脑之一。他在书中这样写道："同性恋，还有其他性偏差，如虐待狂和受虐狂、恋物癖和兽性，都是严重的病态，应该在医学伦理方面讨论。天主教徒对此的态度应该是神医的、慈悲的撒玛利亚人的态度。但我们同样要用救赎主的爱去揭穿那些以极不正确的性观念为这些行为辩解的理论。"

我也曾多年追随海灵的说法，认为同性恋是一种病态。西班牙神学家费尔南多·塞巴斯蒂安·阿吉拉尔最近证实了这一观点，他是潘普洛纳大主教，教皇方济各在 2014 年 2 月 22 日的枢机会议上任命其为红衣主教，他说："同性恋是表现性缺陷的一种方式，因为性具有生育的结构和目的，而由于同性恋是无法达到这种生育目的的方式，很明显就是一种'缺陷'。"阿吉拉尔接着说道："每个人都有自己想纠正的缺陷，比如高血压。同样，同性恋这个特殊的缺陷也应该纠正：很多同性恋病例可以通过适当的治疗得到治愈和正常化。"

即使在信徒之间，甚至在主教之间也有着截然不同的观点。（例如，墨西哥主教何塞·劳尔·维拉宣称："那些说同性恋者是病人的人才有病呢。"）我认为，即使在今天，大多数信徒都赞同西班牙新红衣主教的立场，而这种立场只是重复了传统基督教的立场取向。圣奥古斯丁将同性恋视为"一种堕落和丢人的疾病"，圣托马斯·阿奎那谈到"反自然的恶习"时，说"这是在这方面最严重的恶习"，这是淫欲的问题。因此，现在的教理问答总结如下："传统一直宣称同性恋的行为，本质上是无序的。"

其他主要宗教也对此持有否定的看法，在传统上都反对同性恋的生活方式。即使在希腊哲学中，人们的看法也基本是否定的，例如柏拉图写道："在这些问题上，我们总要达成一致：大自然赋予男女性的乐趣，使他们因此而被推向为生育而性交；而男性与男性和女性与女性的结合是违反自然的，最后，最先敢于实现这种结合的人，是在不可抗拒的快感的驱使下这样做的。"

那么，始终接受一种同性恋充其量只是个缺点的文化教育的我，还能说什么呢？我思考了很长一段时间，想着要帮助那些信任我的人的具体生活，我再次接触了这个话题，最终接受了邀请。以下是我 2012 年 3 月 31 日在罗马附近一个小镇上对他们说的话。

在意大利同性恋天主教徒论坛上的讲话

你们最初给我这份报告提出的标题是"前进中的教会接受和接纳同性恋者和变性人的神学观点"。而我选择了另一个标题，即"关于同性恋爱情的神学观点"，不是因为我打算避免与你们提出的主题相比较，而是因为我认为接受的第一个决定性条件是理解，而最容易接受理解的地方是人的头脑。因此需要思考来澄清想法。没有了解就无法接受，而无知会产生与接受相反的态度。

从这个角度来看，我选择解决天主教领域中两个最强烈反对同性恋的意见：（1）以自然的名义反对，（2）以《圣经》的名义反对。第一个主要是基督教的，第二个则是新教的，但他们对此经常是团结一致的。

A. 自然法则

从以自然名义反对同性恋爱开始。这是基督教义及其官方神学提出的重大反对意见。他们说：有一个不可避免的自然事实，它强加于任何正直的人的良心，直至成为法律，即自然法则。这个事实就是男性寻找女性，女性寻求男性，而任何其他的情感追求都被认为是非自然的，因而是非道德的。这不是最近才提出的一个反对意见，因为智人已经存在数十万年，如果考虑原始人就是数百万年了，若要考虑其他生物（排除细菌的无性繁殖）就是十亿年了。我们每个人都是通过男女之间的性关系才来到这个世界的。

如何回应这个异议？既然现在是春天，我想从春天这个词的词源及其与真理这个词的联系开始。对春天的思考，可以帮助我们理解这种对自然的必要性，以及由此产生的法则认同是如何片面，因而是错误的。"春天"用我们祖辈的语言来说就是 ver，生格是 veris。来自同一词根的有形容词 verus、vera、verum；副词 vere，名词 veritas（真理）。真理与春天之间的这种原始联系使我们明白，真理是生命开花的原因，是使得生命从冬天的寒冷过渡到春天的温暖而繁衍的东西。因此真相＝生命，真理＝生命的逻辑，真相＝春天。

显然，这不是一个季节性的采集，而是一个永久性的数据。它告诉我们，我们存在一个法律和一个自然法则，但不是在 nomos（规范）的意义上，而是在 logos（逻辑）的意义上，这是一个至关重要的逻辑。这种自然法则类似于生命的过程，在这种观点中，真实是使生命繁荣的原因，而虚假则使生命的活力受到节制、束缚和压迫。

当我们谈到"生命"时，我们必须理解人类存在的各个阶段，才能理解另一种伟大的古典语言——古希腊语——对我们有帮助。它的释义有助于我们从以下几个层次了解生命的蓬勃发展：

（1）bíos——生物－植物的生命

（2）zoé——动物的生命

（3）psuché——精神生活

（4）lógos——逻辑和理性的生活

（5）noûs——智力和精神生活，我们对环境的参与，

或宇宙的精神

　　从最根本的意义上来说，真理与自然密切相关，它源自自然，但不是代表自然的绝对规则的法律，而是表达作为自然关系的和谐动态。这才是真正的"自然法则"：关系和谐，使生命从生物层面到精神层面的各个方面蓬勃发展。就个人生命而言，应该说，凡是让生命发展的东西都必须符合自然规律；反之，凡是使生命凋谢枯萎的东西都不符合自然规律。

　　因此，有必要克服自然规律的生物学范式（自然界的真理＝生命）来实现自然法则的整体论范式，按照这种范式，自然真理就是通过关系导致所有生命形式从生物维度到精神维度的完整过程。

B. 自然法则与同性恋

我个人毫不怀疑，生理上正确的关系是阴阳互补的关系，在这方面，大自然提供了雄辩的不可否认的证明。我们都是这样来到这个世界上的，数百万年来，生物就是这样表现出性生殖繁衍的。另外，对于我们的天主教徒，《圣经》中也有明显的证明。（神就照着自己的形象创造人，乃是照着他的形象造男造女。）还有如《马太福音》《哥林多前书》《歌罗西书》等。但毫无疑问，同性恋现象在自然界中也发生过，在人类和其他生物中都存在，而且一直存在。

因此，有必要将两个数据放在一起：有一个基本的动植物生理学（lógos della phúsis，即自然秩序），并且还存在与这种生理学相对应的变量。如何定义这个变形？差异、他者、病变、违规？历史通常给了两种解释：病态和罪过。

两者都没有说服力：同性恋状况不是一个人可以康复的疾病，更不能说是明知自己有罪却心甘情愿地故意犯下罪行。它也不是原罪的表现，正如约瑟夫·拉辛格签署的"信仰教义"所说的："在所多玛人的历史中，罪恶的恶化继续发展（《创世记》），毫无疑问，道德上是反对同性关系的。"同性恋不是原罪的表现，因为所谓原罪没有任何退化，古生物学层面的科学数据也证明了这一点。

同性恋是人类的另一种表现形式，是人类性的一种变形。这种变形是一种生理缺陷吗？是财富吗？或者两者都不是，只是正常的另一个版本？这必须由每个同性恋者自己决定，我没有资格谈论这件事。我能说的和我想说的只是：

（1）这种情况是强加给个人的，不是个人的选择；就像大多数人吸引力在于异性，而有些人的吸引力却在于同性。

（2）对于基督教徒而言，这种状态指的是人的生命与神的行动之间的联系，应该从上帝不断创造的角度加以解释。

（3）这个状态不应予以否认、压制、沉默。

可以升华吗？我认为是的：天主徒的灵修有非凡的同性恋和异性恋性欲升华的例子。性能量的升华是自我实现的重要途径，值得认真考虑；经验告诉我们，通过性能量的升华，人可以快乐和满足。与其他物种不同，人类不是我们的性所需要的；人受性的条件制约，但这不是必要的。也就是说，我们不是被迫行使性，这是因为我们不仅属于生物和动物范畴，而且自然法则优于我们的生物学（遗憾的是，这个概念尚未被教会的性道德所理解）。

然而，这并不意味着同性恋条件必须升华，正如现在的教会想要的那样。性欲的升华不能强加于任何人，既不能强迫异性恋者，也不能强迫同性恋者。

我们很有激情。在任何其他财产（智慧、意志、感觉）之前和之外，我们都充满激情。我们的激情可以具有破坏性，也可以具有建设性，这完全取决于我们如何引导构成我们的能量。有一件事是肯定的：如果激情熄灭，生命就会熄灭。因此，如果性欲的升华是让一种更高的激情发挥作用，那就是正确的，可以加以培养；相反，如果它旨在压制激情，那是不公正的，要与其斗争。

C.《圣经》

我现在要谈以《圣经》名义反对同性恋的。他们说：上帝的话语明确谴责同性恋行为。他不是谴责这种倾向，而是不容上诉地谴责所有同性恋的实践形式。

这也不是一个可以忽视的反对意见，因为《圣经》里有非常明确的经文："不可与男人苟合，像与女人一样，这本是可憎恶的。"（《利未记》）这是与第21段不可杀婴祭神和第23段不可与兽淫合同样的规定。如果有人违规了呢？"若有男子跟男子有性关系，他们是做可厌恶的事，两人都必须处死；他们罪有应得。"（《利未记》）

有人可能会认为，既然这些是我们天主教徒称之为《旧约》的经文，就应被《新约》所取代。但是梵蒂冈已经考虑澄清这一点，指出《哥林多前书》所记载的"你们不知道不义的人不能承受上帝的王国吗？不要自欺了，无论是淫乱的、拜偶像的、通奸的、有同性恋行为的、偷窃的、贪心的、醉酒的、辱骂人的、敲诈人的，都不能承受上帝的王国"。梵蒂冈的文件接着说，使徒保罗"把有同性恋行为的人列入不得进入天国者的名单"，并提到《罗马书》："上帝任凭他们放纵可耻的性欲。他们的女子把合乎本性的用处变作违反本性的用处。男子也是这样，撇下女子本性的用处，男同男彼此贪恋，欲火焚身，做出猥亵的事来，就在自己身上，受到这种错谬行径所当得的十足报应。"

　　我认为梵蒂冈的文件是正确的，圣保罗的确是这样说的，没有人能否认这一点。耶稣呢？耶稣对同性恋只字未提，或至少没有从消息来源报道他关于同性恋的话，有趣的是，对这种沉默的解释是与人们想要申明的论点相反的。有人说，耶稣的沉默表明赞同传统的谴责（基督对此事的沉默，只能解释为在这一点上与以色列的传统一致）；有人说，耶稣的沉默是向教会表明应该如何对待这个问题，正如神学家詹尼·皮亚所说的："这是一种雄辩的沉默，不能不令人惊讶，而必须认真考虑。也许正是出于这个原因，教会的教义应该重新思考自己对同性恋的立场，更广泛地说，重新思考与行使性权利有关的所有问题。至此你做何想法呢？如何看待希伯来《圣经》和《新约》的文字与耶稣沉默之间的联系？

也许你们中的一些人已经知道我现在会读给你们的那一页，可以追溯到十多年前，但它的光彩完好无损。这个故事发生在美国，当一位信奉正统犹太教的著名广播节目主持人劳拉·施莱辛格按照《利未记》宣称同性恋为圣经所憎恶，因此无论如何都不能容忍。几天后，一位听众给她写了以下的信件：

亲爱的施莱辛格博士，我写信是为了感谢您为上帝的律法所做的教育工作。我确实从您的节目中学到了很多，并且尽量和更多的人分享这些知识。现在，当有人试图捍卫同性恋的生活方式时，我只是简单地提醒他，《利未记》中说这是可憎的。

讨论到此结束。

但是，我需要您就其他特定法律及如何执行这些法律提出一些建议：

（1）按照《出埃及记》所述，我若卖女儿作婢女，您认为什么算是好价钱？

（2）当我点燃祭坛上的火焰并燃烧公牛时，我从《利未记》中知道这会为主产生一种令人愉快的气味。问题在于我的邻居：他们亵渎神明，声称那气味不好。我应该打他们吗？

（3）我知道只有在女人没有月经时我接触她们才是合法的。(《利未记》) 问题是：我怎么开口问这个？很多人都很生气。

（4）《利未记》说，我可以拥有男女奴隶，只要是在外国买的。我的一个朋友说，这在菲律宾可以做到，但在法国就做不到。您能让我更好地理解吗？为什么我不能拥有法国奴隶？

（5）我的一个邻居坚持星期六工作。《出埃及记》明确表示他应该被处死。我在道德上有义务亲手杀死他吗？

（6）我的一个朋友觉得，即使吃贝类被认为是令人厌恶的 (《利未记》)，但没有同性恋严重。我完全不同意。您能在这个问题上给些说明吗？

（7）《利未记》说，如果我视力有缺陷，我就不能接近神的祭坛。我真得承认我靠戴眼镜看书……我的视力只是正常人的十分之一，有某种方法绕开这个问题吗？

（8）我的很多男性朋友都用剃须刀剃头发，包括太阳穴附近的头发，虽然这是《利未记》明文禁止的。他们该怎么被处死呢？

（9）还是在《利未记》中，据说触摸死猪皮使人不洁净。所以我要戴手套打球吗？

（10）我叔叔拥有一个农场。他反对《利未记》，因为他在同一个田地里种了两种不同的蔬菜；他的妻子也违反了同一节的规定，因为她穿着两种不同布料（棉花／丙烯酸）做的衣服。不仅如此，我叔叔肆意亵渎。我真的要像《圣经》上说的那样，召集镇上所有的人用石头来砸死他们吗？我就不能像《利未记》对乱伦者建议的那样，简单地在其睡着的时候放火烧了他们吗？

我知道您仔细研究过这些问题，所以我相信您能回答这些简单的提问。值此之际，我再次感谢您如此勤奋地提醒我们大家上帝的话是永恒不变的。

您永远的忠实崇拜者

有些人可能会争辩说，这些考虑只涉及希伯来《圣经》，而不是《新约》，其中圣保罗的谴责文章仍然是无法超越的。然而，即使对于保罗的文章，也可以提出类似的问题，例如有人可能会向另一位假设的博士写一封类似的信，如下所示：

亲爱的医生，我写信是为了感谢您，我从您的节目中学到了很多，现在，当有人为同性恋辩护，我就简单地提及圣保罗说过他们都不能承受上帝的王国。讨论到此结束。

但是，我需要您对保罗书信的其他段落提出一些建议。

（1）统治者并不总能令我信服，但我在《罗马书》中读到，"没有权柄不是出于神的，凡掌权的都是神所命的"。您认为这也适用于意大利的历届政府吗？所有政府吗？

（2）我最近和一家银行签订了一笔贷款，但我发现《罗马书》写着："凡事都不可亏欠人。"您能不能兄弟般地送我一些钱，这样我就既不会欠银行钱也不会欠您钱了？

（3）我试图遵照《哥林多前书》去做，"有妻子的要像没有妻子"一样生活，但我妻子不太同意。您有什么建议可以说服她吗？

（4）我妻子甚至不尊重《哥林多前书》中使徒的意愿，按照这一节，"女人为天使的缘故，应当在头上有服权柄的记号"。她说，到目前为止，她还没有遇到任何需要她遮盖头发的天使，并坚持不戴面纱。我必须抛弃她吗？

（5）圣保罗在《以弗所书》和《歌罗西书》中写道："丈夫是妻子的头。"并补充说："教会怎样顺服基督，妻子也要怎样凡事顺服丈夫。"两天前，我妻子选窗帘时，我向她提到了这段话，但她却自作主张！我要抛弃她吗？

（6）我承认我非常爱我的狗，但我发现在《腓立比书》中，使徒写道"应当防备犬类"。是否需要日夜都给它戴上口套，还是我必须把它交给养狗场？

（7）星期天在教堂，我实践了《帖撒罗尼迦前书》，据说我必须用圣洁的吻迎接所有兄弟，但我注意到一些难堪的反应。您怎么对待此事？您真的吻所有人吗？

（8）虽然我是一个戒酒者，但我实践了使徒的旨意，《提摩太前书》（再不要照常喝水，可以稍微用点酒）中表达了使徒的意愿，然而却让我头痛、胃疼。我一定要继续吗？

（9）圣保罗在《提摩太前书》中写道，主教必须结婚，我请求我的主教接见，试图说服他娶妻，但他却拿我当危险的诱惑者一样赶走。您能给他写信吗？

（10）亲爱的博士，因为您是女人而我是男人，我把最微妙的事情保留给您。我在《提摩太书》中读到圣保罗说："女人要沉静学道，一味地顺服。我不许女人讲道，也不许她辖管男人，只要沉静。"您不觉得我们都陷入了尴尬的境地吗？

当《圣经》不符合我们今天所获得的知识，阻碍产生越来越符合善良、团结、正义的做法的可能性，不利于生活的爱和快乐时，就必须超越《圣经》。这是忠实于《圣经》精神的最好方式。

D. 双重使命

我在结束发言时指出，人类的精神智慧告诉我们，要更好地解决一个问题，就必须找到中间道路，也就是构成问题的各种力量之间的平衡点。在我看来，寻求平衡的两个极端是：一个极端是否认同性恋者的尊严，认为他们是需要治愈的病患，或者是要纠正的变态倒错；另一个极端则倾向于把同性恋作为一种特权地位，甚至是他们看待自己和自己与世界的关系的唯一观点。

对第一个极端，我想我已经说得够多了，而对第二个极端，我想强调的不只是同性恋的问题，而是像你们这类试图在精神上解释和经历存在的人的问题。你们这种基本选择的意义在于，你们以生活的具体实践，认为人不能仅降至包括性在内的生理层面；人之所以是人，就在于高于其性取向，高于其任何其他取向。分享精神世界观的人的任务是一个人类学的概念，即爱是人的决定性维度，爱也关系到精神，实际上更关系到的是精神而非身体。

爱远超过了性，它包含了人的身体、心理和精神现象的所有层面。圣保罗写道：人"并不分犹太人、希腊人、自主的、为奴的，或男或女，因为你们在基督耶稣那里，都成为一了"。（《加拉太书》）

教皇方济各的新视角？

2013 年 7 月 28 日，在里约热内卢回程航班上的记者招待会上，有人问教皇方济各梵蒂冈是否存在同性恋游说团体。教皇回答了几句话，立刻传遍世界：关于同性恋游说团体写得太多了，可我在梵蒂冈还没找到一个人给我其"同志"身份证。他们说有。我想当一个人和这样的人在一起的时候，应该从其为同性恋游说的事实中分得出他是同性恋游说者。因为所有的施压游说者都是不好的。以下这句话引起很大轰动："如果一个人是同性恋，寻求主并且有良好意愿，我是以谁来评判他？"

这种说法令人震惊的特点是，历来的教皇总是对同性恋和同性恋者做出明确的评价，而且总是严厉谴责，并且不少都造成了暴力后果。在教皇国，同性恋被称为索多玛（指《创世纪》中写的索多玛城居民想虐待罗得招待的男性来客），这是一种应受刑事处罚的罪行：1557 年保罗四世授予宗教裁判有此管辖权，1568 年庇护五世颁发敕令，对"那种可怕的罪行"处以极刑。我不知道受害者有多少，但我知道这位极刑敕令的作者在 1712 年被封圣，从那以后，他被称为圣庇护五世，并且每年 4 月 30 日都会为其举行祭拜仪式。

关于最近的几任教皇，全都重申明确谴责同性恋情感，从1975 年保罗六世写的文件 *Persona Humana*，到 1992 年约翰保罗二世写的《基督教教理问答手册》，再到本笃十六世还担任省长时写的主教会议有关信仰的文件，特别是 2003 年"关于承认同性恋者结合合法性计划的考虑"。还有 Gramick 和 Robert Nugent 两位美国修士，几十年坚持做同性恋者的劝导工作，并写了一些有关文章。

即使到了今天，在所有宗教中，主流还是强烈谴责同性恋的生活方式，但是必须指出，有些事情正在改变，这不仅体现在方济各教皇的声明中，也体现在佛教代表人物思想的演变中。

但是，关于方济各教皇，有一点是肯定的，他说："我是以谁来评判他呢？"如果没有相应的决定，如果教会实际上继续认为同性恋本质上是不道德的，那么它就注定是对一个尴尬问题的应对之词。有一天，我对一个朋友讲了我这本书中关于爱情问题的理论之后，他告诉我，对全面的爱情的追求（情感的、精神的和必然的性爱）应该被承认为每个人出生时就获得的不可剥夺的权利。我完全同意：完整的爱是一项固有的、原始的、根本的权利，关系到人的根本，任何人都不能被剥夺。过去常常被剥夺，现在世界上很多地方也仍然被剥夺，而这种情况的发生，也是由于基督教会的作用。但今天，是时候更明确地指出，每个人都有权利在完整的爱中实现自己的权利，不对异性恋和同性恋加以任何区别，一致要求方济各教皇承担起改变教会观点的任务，使他的不加评论的态度成为教会所有人员的风格。一个文明社会的成熟程度，是以每个公民实现其完整的爱的固有权利的可能性来衡量的，但我相信，基督教社会的成熟程度，也是以毫无排斥地接纳上帝所有孩子来衡量的。

总结

从许多方面看，人们认为同性情感一词优于同性恋一词，因为它表明，在性维度之前和之后，存在着围绕人的全面性的更广泛和更包容的情感维度，我认为这种说法应是首选。我还认为，就这个问题，我们可以确定以下几点：

（1）在自然界中，正常的生理学中有各种不同的变形，同性恋则是其中一种。

（2）那些发现自己有这种同性情感倾向的人中，有很多人并不打算将其消除或升华，反而把它作为其人格构成的部分加以利用。

（3）文化和文明的任务就是尊重和接纳具有这种多样性的人，为其充分融合创造条件。

（4）这种对少数人权利的尊重不得影响对多数人既

成做法的尊重，而且应对其加以保护和关注。

（5）找到法律解决方案，使社会发展，更广泛地保护所有公民的权利，是其所需要的各种价值观之间的政治协商的任务（一切都是可以谈判解决的）。

（6）正如哲学家卡尔·雅斯贝斯所写的："人优先于性；无论男性还是女性，首先是人，而性只是第二位的。"这意味着每一个从性条件出发的对世界和自身的观点，无论是异性还是同性，都必然是片面的，必须加入更广泛的精神层面的观点。

37. 双性恋和变性者

很长一段时间以来，人们一直在谈论同性恋恐惧症，指对那些有同性恋或同性情感者的恐惧与厌恶。这种现象类似于其他不合理的恐惧，例如与特殊情况相关的恐惧（对人群、开放的空间、绝对的安静），对动物（狗、蛇、蜘蛛）的恐惧，对环境（狭窄空间、黑暗、深水、悬崖）的恐惧等，我想当今最普遍的是仇外心理，对外国人的恐惧和厌恶。最近也开始谈论对双性恋和变性者的恐惧，仅仅因为他们是双性恋者或变性人而恐惧他们。这进一步表明，人们在将所有这些人归入一个名为 LGBT（lesbiche、gay、bisessuali、transgender）的共同类型的趋势，即同性恋、双性恋和变性者类型。虽然我认为，对同性恋、双性恋和变性者的恐怖是一个成熟人必须克服的非理性的负面现象，但我想知道如何从伦理角度来判断 LGBT 将同性恋、双性恋和变性者归为一类的态度。

我认为，需要对这一问题做出判断，但显然不是要对有关的人做出判断，因为"不评判"这一福音的主旨始终是有效的，我的判断就是要理解他们的生活及不同状况，从而阐明涉及这些问题的人的存在，或者说直接为他们自己，也为他们的亲人。我认为，LGBT代表着捍卫权利斗争中的共同利益，因此具有可以理解的政治意义，但我认为它也包含了值得我们做出不同判断的不同现象。事实上，在我看来，其中一个是男女各自的同性恋倾向，就像大多数异性恋一样，他们都属于有着同样需求的人；而另一个是性欲望，这种欲望导致时而同性恋关系，时而异性恋关系，其变换只取决于具体时间和遇到的人。这是两种截然不同的现象，因为在第一种情况下，性取决于情感，因而建立一种长期稳定的个人间的关系（无论是异性还是同性都一样），而在第二种情况下，性本身就是目的，满足自己的性需求是唯一标准。在前一种情况下，性可以说是相对的（结合只与情感有关，因为情感是人的生活中帮助建立和维护关系的最高层次），而在后一种情况下，性是绝对的，其本身就是目的，是主导，强烈阻碍着与一个固定的人形成稳定的关系。

我的想法是，毫无疑问，性欲和欲望强加于我们的生活，导致我们体验到性吸引，而这种吸引有时表现得不同寻常。与已婚或与他人有关系的人发生性关系（通奸），与近亲发生性关系（乱伦），较多人同时发生性关系（群奸或滥交），与未成年人、甚至未到青春期的少年儿童发生性关系（恋童癖），与动物发生性关系（动物癖、恋兽癖、兽交），施加暴力（虐待狂、强奸），遭受暴力（受虐狂），这些都是人类一直存在的现象：关于限制与动物发生性关系，在印度（拉克什曼神庙的雕塑）、希腊（克里特岛的女王帕西菲，与公牛性交生下了弥诺陶洛斯）、以色列（《利未记》：不可与兽淫合，玷污自己；女人也不可站在兽前，与它淫合，这本是逆性的事），在中世纪（沃尔姆斯的助教布克哈德的忏悔），都有记录，而且这是一种今天也依然存在的现象。

性欲是一种奇怪的、不合理的易变能量，它常常怀有最低下和最细微的本能冲动，常常喜欢站在变态的边缘，探索我们未知的深度，从中可以产生罪恶之念，露出狰狞面目。如果我们把性交给欲望来支配，不仅可以产生两性恋，还可以是三性、四性、五性，甚至十性恋。事实上，性欲作为一个被要求负责任的人的行为，必须服从于一种叫作自我认知的辨别能力，由此而产生一致性、忠诚、诚实。

说到双性恋，我毫不怀疑有些人可能同时对同性和异性都会感到性吸引。但我怀疑这种愿望如果得到满足，是否有助于建立一个成熟、统一、稳定的人格，从而使自己成为一个阳光、可靠的人。我怀疑，是因为性欲作为行为的决定性标准，必然会产生一种任意的、反复无常的、不稳定的人格，正好符合欲望的波动性。这种说法显然适用于每个人，包括异性恋者和同性恋者，但我认为更适用于双性恋者，根据他们的意愿，他们时而作为异性恋者，时而作为同性恋者，因此不可避免地陷入与自己和其他人关系模棱两可的境地，只会对形成自己统一的人格造成困难。

我们有欲望，我们欲望的主要表现之一就是性吸引：欲望熄灭就糟糕了，因为这样会关掉我们生存的引擎；性吸引这种表现形式的欲望熄灭也很糟糕，因为性欲是我们欲望的一个主要表现形式。但是，由于汽车引擎产生的能量需要一个控制系统，尤其是一个方向来使其有秩序地运动，如果人们想过着对自己和他人都可靠的生活，处在平静和快乐的关系氛围之中，那么我们性欲望的能量就需要被引导和控制。现在，使这种方向性成为可能的是生活的规划，人格的建构，对此，性取向的稳定性至关重要。对于一个时而同性恋时而异性恋的人的生活，很难保证这种稳定性，更不用说异性恋或同性恋的放荡淫乱者了，因为在他的多重性生活经历中，他的性身份总是变换的。这就是为什么我要从道德和精神的角度对此做出负面的判断。也就是说，在我看来，其他人的看法并非毫无根据，以人格的全面形成为目标的社会里，对双性恋现象的社会压制总比对同性恋更加强烈。

完全不同的情况是，当一个人在自己原本的性别中一直感到被放逐时，选择转为另一个性别，以便最终在其外在性与内在性之间，在其身体与精神之间，获得一种实质上的一致性。在我看来，在这种情况下，对于实现个人及其关系的成熟，进而实现对其整体幸福至关重要的人格统一的条件，因此对所谓变性人现象的伦理判断只能是肯定的。

38. 教育在爱中的作用

最后，仔细想想，爱意味着创造空间。在自己内心里为另一个人腾出空间，向 Ta 敞开心扉，让对方在自己的灵魂中支起帐篷。不再只以自我为基础去想、去听，而是每天尝试在"我们"的基础上去做这一切。

在如何经历爱情这一章中，由于本书开始时写到一些理由，我只谈性的问题，也就是为什么特别在这里浮现出爱情体验的阴暗面，而这就是人类存在的许多内在和外在的邪恶之源。但是，关于如何经历爱情的话题肯定不能仅剩下性。在性生活之前和之后，存在参与者的完整性。有倾听、对话、交流、幽默、梦想、善于在沉默中共处、耐心、对对方缺点的好感、对对方焦躁的微笑、对不可避免的冲突的交涉、彼此携手、亲戚的干涉、友谊的交叉、理想的一致、接受过去的历史且不希冀它与当时的事实不同，支持对方的工作，微妙地处理共同的时间和各自的时间，不再只有个人经济利益而是有共同的利益……总之，腾出空间。随着这种生活的扩展，直到感到"我"在抗议，因为"我"并不总是愿意腾出空间。另外也因为，有时候，另一个"我"根本不想腾出空间，并不想要"我们"，在其头脑中，只是并总是"我"，这个"我"以"我们"为代价而扩大，就像寄生虫一样，于是人们就要问，继续创造空间是否还有意义，或者说，这难道不等于缓慢地死亡？然后，当另一个人变成别人的时候，当一个家庭的所有负担都是以牺牲"我们"为代价的时候，对于一个正常的人来说，爱情是否变得过于负担沉重？

确实，爱情可以变成过于负担沉重。有时就是过于沉重的负担。我相信，很多经历了长时间的认真爱情故事的人，都不会忘记也经历过的一些日子：他们想离开他，离开她，离开他们，离开所有人，甚至只要能够将整个关系归零，忘掉一些面孔和人，就会有一种解脱和解放的感觉。这也是生活中的爱，所有没有虚假的浪漫主义生活的人，都离不开这种现实。

知道了这一切，爱情的生活很明显要比性活动广泛得多。性固然重要，但一个人的心理和性格的复杂性远不止于性，因此，为爱情和爱的需求做好准备，就需要全面的人格教育。如果爱是创造空间，那么为爱做准备，就意味着学会创造空间，或者是对"我"进行某种精神体操的训练，对自己进行工作。

从年轻人开始，要一直坚持整个一生的精心训练：在这里，我相信，沉默是至关重要的。保持沉默的能力是最重要的条件，因为在心理上创造我称之为"空间"的接纳安排。腾出空间，首先意味着倾听，没有内心的安静是听不了的。倾听似乎很容易，甚至平庸，因为人们会认为倾听就相当于听，但根本不是想象的那样。事实上，真正的倾听是罕见的事情。要真正聆听对方，不仅要倾听对方的声音，就像必须听烦扰人的声音一样，也不能只听对方的几句话，然后马上打断 Ta 的发言（结果对方也开始这样对你，于是两人的谈话就变成了打网球或者拳击）。倾听需要内心的静默。但是，如果不是全部聆听，那么爱情是什么？不仅仅是口头语言，还有肢体语言！另一方的身体也需要我们能够倾听的沉默。

我说的是，精神教育对于成熟的爱情是必不可少的。成熟的爱需要倾听的能力，因此内心的沉默，以及对沉默的教育正是精神的任务。这并不一定意味着需要宗教教育，因为宗教只是精神的一种途径；哲学、艺术、真正的音乐、自然，也都是内心沉默和精神建设的卓越之路（许多人能够与宗教完全和谐相处，另外一些人则不那么和谐，还有人根本不信宗教，这都依每个人各自的想法）。重要的是要达到对内心的规范，使内心能够关注。对于一个本能地只用耳朵听自己话的人，就是要让妨碍关注他人的想当主角的热望保持沉默；对于本能地把自己放进自我外壳中的另一些人，则需要克服冷漠和懒惰，因为这也妨碍了关注。无论如何，每个人，有的要踩刹车，有的要踩油门，都被要求在自己的内心做工作，使内心安静、干净、宽敞，腾出空间，创造空间，从而开启爱情所需要的巨大的自我转变。

第 3 章

爱 的 启 示

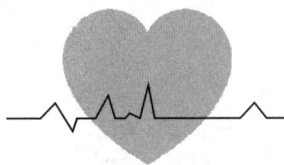

39. 爱的意义

我想在这里谈一谈爱在这个世界上的存在本身带来的意义，我相信爱情才是找到所谓"生命意义"痕迹的首选视角。对于很多人来说，追求生命的意义或无意义，是力量、冲突、事件、荒唐、愉悦、理念、服从、启示、信仰……而我却说是爱。

有一个前提：对生命终极意义的每一次真实探究，都不可能推导到笛卡尔所谓的"清晰而独特"的知识理想，因为这个世界的意义，以及我们想要传递给你们的意义，永远不可能以清晰明确的方式展现在我们前面，就像市场摊位上的红苹果。为什么呢？因为我们称之为"意义"的头脑和心灵的这种特殊取向，只能通过我们内心的积极参与和工作才能产生：没有共识就没有意义。这是否意味着这种意义是一种完全主观和随意的投射呢？不，这意味着它是一种建设，没有现有的材料是不可能的，但也需要人的工作。赋予生命意义的，并不是靠智力，智力不可避免地会自相矛盾，也就是说，有多少理由说生命是正确的、有意义的，那么就有多少理由说生命是不公正的、荒谬的。赋予生命意义的，是意志和情感。只有意志和情感才能消除生命的意义或无意义之间的矛盾。意志和情感可以做到，或是靠一种信仰，信仰上帝或什么神，或宇宙的伦理秩序；或是可能相信生命的不合理性，产生各种形式的无神论。如果我相信依传统称之为上帝的生命的整体意义，是因为世界上存在着的爱，因为爱比任何其他东西都更能吸引和引导我的意志和感情，使那些平常的日子赋予意义。我认为，只有从这个角度来看，才可以概括出爱本身为生命带来的意义的实质。

40. 性爱之力

　　性爱是一种宇宙之力，是生物领域里表现卓越的宇宙力量，在许多语言中，organismo（有机体，组织）和 orgasmo（性高潮）都有着相同的词根。就是说，只有在性高潮中才能达成一个有机体的组织。就好比说，在性高潮中才能完成作用于自然的刺激与推动。在希腊语中，如器官、有机的、组织等生物领域的许多重要术语的词根是 org，再追溯就是 érgon（工作，作品）这个术语：大自然工作，其工作便产生作品，因为通过能量形成和吸引一些元素，促使这些元素聚合，从亚原子的聚合产生原子，进而形成复杂的生物体，但是为什么大自然是这样形成的呢？为什么就在于这种无穷无尽的聚合组织趋势呢？

　　因为倾向于爱。大自然不是爱，事实上，自然的直接表现形式往往远非爱情，而是冷漠、敌意、冲突，但恰恰由于自然自己不是爱，才是不安的、从不停顿的、紧张的，被一个更高的忧虑所困扰，而正是这种忧虑把它推向更高境界，才追求爱。Natura（自然）已经在其名之中包含了这种朝向未来的推动，它来自拉丁语动词 nasci（出生），其阴性未来分词 nascitura，产生了名词 natura。大自然永远是即将出生的。而正是由于自然这一基本特征，世界始终在进化。之所以是进化，而不是简单和无序的变化，是因为自然整体上倾向于通过聚合产生关系的和谐。

有人会观察到，也存在相反的分解力量，这是真的，但它是第二位的力量，因为只有在首先存在聚合的情况下才能进行分解。宇宙起源就是如此，宇宙大爆炸（根据标准宇宙模型）之所以可能发生，是因为之前就有了可爆炸之物，物理学家称之为奇点的原始宇宙点：存在必须先于不存在，这种聚合才是宇宙的动力，宇宙的神经系统。所有现象中都有一种性高潮的张力在趋向于组织的形成。

我说的所有现象，是因为我们所看到的一切都是聚合，从我们呼吸的空气（氮＋氧），从组成我们机体的主要成分水（氢＋氧）开始，到我们所在的地球（铁、氧、硅、镁），到为我们提供生命所需能量的太阳（氢＋氦）。多少世纪以来，人们都知道由恩培多克勒首先列出的 4 个自然元素：空气、水、土和火，其实它们根本就不是原始的；几十年来，我们知道，即使是原子本身，也与其名称相反，根本就不是其自称的不可分割的；没有任何东西不是聚合的结果。我们的身体也遵循同样的逻辑，在物理－化学水平上，由 18 个原子元素形成，其中 3 个元素（氧、碳、氢）构成我们机体 93% 的物质量，从生物学的角度来看，约等于 10

的 14 次方的细胞，还有数量更多的细菌和微生物，我们体内没有了它们，就不可能有我们的某些生物功能。

然而，从这个原始的分裂中产生了合一的现象，直到形成每个人独有的特性，这种独特性是不可重复的，空前绝后的，而且由于这个原因，中世纪称为 haecceitas（即此性），这一术语我们可以译成宇宙的原始起点：奇点。我们每个人都是一个奇点，都是独一无二的。但是，是什么力量使得原始能量的第一个物质元素能够激发出奇特的生命现象，能够说"我想，我不想"，能够自我决定并实现自由，而且能够自由地说"我爱"呢？

所有古代文明都把爱情说成是神，恩贝多克利和柏拉图等哲学家都强调了性欲的宇宙演化作用。此外，人类伟大的精神传统主张物理与伦理之间存在着密切的联系，这种联系是由一项单一的规则规范的，既有宇宙的宏观世界，又有人类的微观世界，这种普遍的宇宙规律，希腊人称为 Logos（逻各斯），印度人称为 Dharma（法），佛教称为 Dhamma（达玛），中国人称为道，其他文明亦各有称谓。

在天主教领域，有一些持这种观点的名人，从朱斯提诺的《播种者》，到当代作家的所谓"宇宙基督"，如帕德·查丁、贝德·格里菲斯、雷蒙斯·帕尼卡、莱昂纳多·博夫、马修·福克斯。这其中，有一些具有伟大学识和精神地位的人物。在被狄奥多里克杀害之前，包伊夏斯在帕维亚的监狱中写道："是爱将这一系列元素连接到一起，是统管大地和大海，并在天国进行其控制……哦，快乐的人类，如果你们的灵魂是受统治天堂的爱的控制。"在结束《神曲》时，但丁欢呼："移动太阳和其他恒星的爱。"费奇诺是文艺复兴理论基础的天主教柏拉图主义者，他认为爱情是"世界及其各部之间结合的永恒的节点"。这个观点的其他代表是尼科洛·库萨诺、皮科·德拉·米兰多拉、托马索·莫罗；鹿特丹的爱拉斯馍、托马索·康帕内拉、乔达诺·布鲁诺、雅各布·伯麦；德国哲学家弗朗茨·冯·巴德、约瑟夫·谢林、马克斯·舍勒；在俄罗斯东正教索菲尼主义框架内，有弗拉基米尔·索洛夫、塞尔吉·布尔加科夫、帕维尔·弗洛伦斯基，以及更为戏剧性的重点人物尼古拉·贝尔杰耶夫，他写道："性是一种宇宙力量，只有从其宇宙现象的角度思考它，才能被理解。"

圣雄甘地也持有一个类似的世界观，作为在精神上真诚的人们，除了不可避免的术语和概念差异外，往往存在着深刻的和谐与共鸣："科学家告诉我们，如果我们这个星球上的原子没有凝聚的力量，那么它就会崩溃，我们就将不复存在。正如在非生物中存在着凝聚力，在所有有生命的生物中也必然存在这种凝聚力；有生命的众生之间的凝聚力的名字便是爱。"他最后总结道："哪里有爱，哪里就有生命；而仇恨导致毁灭。"

爱产生生命，我们是生命，所以我们是爱的产物。促使诸元素凝聚爱的力量的产物。因此，关于世界上存在爱情的思考的第一个结果就是：我们属于这种聚合和凝聚的整体逻辑。也就是：在原则上，就是关系。关系作为一项基本原则，作为存在的宪法文书。既然取决于关系逻辑，那么我们越是促进关系的和谐，实现内外繁衍（在身体层面称为健康，在心理层面称为友谊，在精神层面称为伦理道德），我们就越是服务于生命，增强生命。

41. 爱的原始关系

但生命是否值得服务和增强，或者说真正精神上的智者的任务是减少和熄灭生命的冲动？我问自己这个问题，是因为不可能忽视叔本华的强烈反对和他对性爱的形而上学。按照这位伟大哲学家的观点，爱情只不过是大自然聪明地设计出来的一种权宜之计，它利用快乐、美丽、与爱相关的情感来增强生命的繁衍。恋人们不知道，父母也不知道，但他们不过是大自然的非理性和专制力量所支配的牺牲品，这种力量驱使他们为了后代的出现而牺牲自己，而后代们则会受到爱的骗局的诱惑，重复同样的自我牺牲机制。叔本华认为，个体的爱完全是为了其生物物种的利益："让两个异性个体如此强烈的、排他性的彼此吸引力量，就是为了整个物种生存的意志；再说一遍，人们是为了人类的利益而并非个人的利益而缔结爱情婚姻的。"

根据细心研究叔本华的学者马蒂内蒂的说法，"这种理论与叔本华的哲学并不完全一致"，但撇开哲学解释，这里提出的问题却是简单而根本的：个体生命的意义是否与其生活本身相吻合，包括爱在内的其他所有生命现象都从属于这一事实？或者个人生活的意义超越了生活，而是自由、奉献和理想的激情时刻，这甚至可能会导致与之相反的忽视生物利益的行为？

再看看具体的存在，我们看到的是两者皆有。我们看到，人们只想生活，只想生存，尽可能长时间地生活，在任何条件下生活；我们也看到有人被高于生命的东西所吸引，通过危险和反生物的、有时会失去生命选择，超越了生物的利益。与往常一样，智力使我们陷入了二律背反。而矛盾迫使我们让意志和情感发挥作用，将理论问题转化为一个存在问题，这个问题需要每个单一个体做出第一人称的回答：你在哪一方？你怎么解释你的存在？你将什么置于你存在的第一位，是存在本身还是什么不同的价值？

就我而言，我认为生命的目的并不只是活着，而是我们自由赋予生命的内容，在所有可能的内容中，我不知道有什么比爱更有意义和更完整地引人入胜。从某些方面看，爱是生命的工具，叔本华并没有完全错，但生命也可以诠释为爱情的工具，在我看来，这是生活的最佳方式。

充满爱的生活是什么滋味？是什么样的世界观在头脑中造就了它？歌德以《神秘合唱》的歌声结束《浮士德》，这首歌展现了著名的《永恒的女性》的表达方式，翻译成了 il Femmineo eterno、l'Eterno-Femmina 和 l'Eterno Femminile。以下是德国原版《浮士德》结束语：

Das Unbeschreibliche,

Hier ist's getan;

Das Ewig-WeiblicheZiehtunshinan.

无法形容的,

这就是现实;

永恒的女性引领我们向上。

　　什么是这个引领我们向上、让我们理解的永恒的女性？正如歌德所说，世界上所有的东西都是指向比现实更高层次的不可言喻的现象，但它怎么在这里而不是在那里变成现实呢？是表达meria-mater（物质－母亲）与natura-nascitura（自然－出生）的女性逻辑的力量，是凝聚、和谐、合成、结合的力量。用夏尔丹的说法，他喜欢用女性来联通物质的精神力量，就是"女性即统一"。

　　我们这里谈到的大写的女性与生物的女性不同。有证据表明，有些女性在其行动中上述表现很少，因为她们主要复制的是男性的存在范式（统治、力量、控制）；反之，有些男性却构成了上述女性的重要表现，甘地或纳尔逊·曼德拉就是典范。然而，确实如此，这种大写的女性表达了存在与能量之间的内在关系，可以联系到永恒或精神，女性生物特征占主导地位，而大写的男性则可以联系到永恒的强加的力量，男性生物特征占主导地位。因此，也许年轻的黑格尔在他的草稿中对"为什么女人比男人更信教"的问题做出了回答：真正宗教要求的基础是关系，而这正是构成女性特质的动力。

从历史上看，女性一直与土地、身体和物质方面联系在一起，因此被认为是负面的，正如宗教传统文本中充斥的厌恶女性的表达所证明的（犹太教和基督教都认可关于夏娃的神话，希腊人承认关于潘多拉的神话），至于哲学作品，主要由男性所作。我认为，这是一个将视角转向物质层面，赋予其首要地位的问题，在我们所居住的存在维度中，物质是包括精神在内的一切事物之母。我想表明，精神本身不是由物质产生的，反而是由于精神才形成了物质，它作为精神力量行事，提供能量；然而，这种精神是在我们的存在维度中由物质产生的：我们的精神是按物质－母亲（materia-mater）的程序运行的。

说到永恒的女性，歌德是西方为数不多的几个懂得物质和关系维度至上的人之一，但丝毫没有陷入唯物主义，因为他谈论的是"自上而下的爱"，如同福尔蒂尼所翻译的"自上而下的恩典"。歌德本人就这样向艾克曼解释了自己的想法："这几句包含了浮士德的救赎之钥。他的活动越来越提升，越来越纯净，直到最后，从高处坠入永恒的爱之中。这一切都与我们的宗教观念完全一致，根据这种观念，我们的力量不足以拯救我们，还需要神的恩典。"

在这里，我们正在涉及世俗的、有形的、为具体的生命服务的精神，但真正的精神，一定是向上的，是能够捍卫存在的等级，这是一种精神，一种多少世纪以来自然与恩典（自然界与神界的二元观念）之间的冲突被超越，并组成一个动态的综合，即存在的一个过程性观点的标志。这是一种精神，在这个时代，越来越多地在世界不同地区发展，构成了宗教体验的唯一未来，呼吁放弃教条式的不宽容的至高无上的排他性男性精神，而召唤服务于世界的和平与利益的女性精神。

这种观点将我们赖以生存的宇宙力量视为一种动力，而不是一种我们要自我救赎解脱的暴政（通过叔本华的统治）或一种行使权力的意志（通过尼采的权力意志），而是一种人们自觉和自由隶属的动力。爱证明了关系的首要地位，性已经使我们明白"人独处是不利的"，这是因为每个人在自己的身体结构中就带有关系导向。所有生物，所有生命，都同时既是"与"又是"为"之存在。

在这个起始的社会性中，男性的思想倾向于强调冲突（homo homini lupus），女性的思想倾向于强调合作和关系（homo homini deus）。正如约翰－保罗·萨特在纳粹占领的巴黎写道："冲突是人与人之间的原义。"以利·希米勒在被纳粹占领的阿姆斯特丹这样写道："现在我们所能做的一切善事，就是彼此善待。"

本节开头提出的问题是生命是否值得服务和增强，或者说真正精神上的智者的任务是减少和熄灭生命的冲动，以便结束自己和其他人的痛苦。一个完整的答案是不可能的，但像埃塔·希尔塞姆这样的人告诉我们，人靠着追求良善和正义，可以实现与他人的和谐相处，获得永久的生活乐趣。人可以每天坚持自己的存在，超越任何概念：我在，我存在，我爱。

42. 结论

关于爱情最美丽的一页是使徒保罗的《爱的赞美诗》，载于他写给哥林多天主教徒的第一封信，这是一篇学者确定在公元50年左右写的文本，也是《新约》中最古老的信件之一。在这里，我将跳过对我们的主题无关紧要的中间部分。

我若能说万人的方言，并天使的话语，却没有爱，我就成了鸣的锣、响的钹一般。

我若有先知讲道之能，也明白各样的奥秘、各样的知识，而且有全部的信，叫我能够移山，却没有爱，我就算不得什么。

我若将所有都周济穷人，又舍己身叫人焚烧，却没有爱，仍然与我无益。

爱是恒久忍耐，又有恩慈；爱是不嫉妒，爱是不自夸，不张狂，不做害羞的事，不求自己的益处，不轻易发怒，不计算人的恶，不喜欢不义，只喜欢真理；

凡事包容，凡事相信，凡事盼望，凡事忍耐。

爱是永不止息。

......

如今尚存的有信仰、希望、爱；

这三样，其中最大的是爱。

文中指出，爱与信仰、希望不同。不仅如此，他还断言爱与慈善不同，甚至与能够奉献自己所有财富和捐出自己身体的慈善都不同，也就是说，那些都是外在之事，能以最慷慨的方式行事，却不因此而等于有爱。那么爱是什么？既不是信仰，也不是希望，也不是慈善，或者换句话说，既不是教义，也不是乌托邦，也不是具体的团结互助吗？

关于爱情，还有另一段同等价值和纯洁的文字。它来自特拉瓦达佛教传统，被称为梅塔苏塔（Mettasutta）。梅塔的意思是慈爱的仁慈，所以梅塔苏塔被翻译成了《慈爱经》。这是中间的一部分：

愿一切众生幸福和平，

常生喜乐。

任何生物，

或移动或静止，无一例外，

无论是弱或强，

是高大或壮实，

矮小或中等体积，瘦小或肥胖，

那些可见到或不可见到，

那些已经出生或等待诞生的，

愿一切众生快乐。

愿无一人伤害他人，

或在任何地方轻视任何人；

怀着嗔恨或恶意。

正如母亲不惜生命，

保护她的独子一样，

同样地她应对待一切众生，

散发无量的慈爱心。

爱不是人拥有或做的事，而是人的本性。它是灵魂的一种形式，是那些知道有比自己更重要的东西并以绝对热情追求它的人的形式。这种爱被认为是对真实和公正关系不可抑制的需要，这种需求使自己脱离了以自我为中心。

在这本书的撰写过程中，我陈述了我能够找到的能成为经历爱的人的中心内容；但是现在我想只用一个词，来说出我们称之为爱的特征——善。《哥林多前书》和大都会的赞美诗以令人难忘的方式表达纯洁和纯洁的爱，对应于对善的热情奉献，对美好和谐关系的奉献。

一个为了善和义而生活的人，一个为了行善而变善的人，一个为了行义而变义的人，是一个值得尊重的人。我认为两个人之间真正的爱情故事，有别于所有其他的历险或偶遇的关系，就在于存在着彼此尊重这一特殊元素。对于一个伟大的爱情故事来说，身体和感情的热烈激情是不够的，始终需要有精神或智慧的激情，那就是尊重。尊重是智力的奉献。如果在此之前和期间，没有智慧的投入，那么身体就没有完整的奉献精神。

附录 A. 爱在古代思想中
作为一种神秘的宇宙力量

埃及和印度

古人把爱情称为神，有的给它起男性名字，但更多的还是女性名字。苏美尔人崇拜伊南娜（Inanna），巴比伦人崇拜伊什塔尔（Ishtar），腓尼基人崇拜阿叙塔（Ashtar），亚述人崇拜阿塔伽（Atagatis），迦太基人崇拜坦尼特（Tanit），埃特鲁里亚人崇拜图兰（Turan），都是女性爱神，表现爱情的各个方面，如欲望、性交、生育等。

古埃及的性爱女神是哈托尔（Hathor），而男性代表则是敏（Min），男性生殖器的保护神。但对于古埃及人来说，在特定的神灵之前，作为一种性欲之爱的力量是与其最高级的太阳神阿图姆－拉（Atum-Ra）创世界相关的："阿图姆是那个在太阳城赫利奥波利斯手淫自己的神。他手攥着阴茎，感受快乐，释放自己，并且造就了两兄弟舒（Sciu）和泰芙努特（Tefnut）。"世界从何而来？从欲望，从快乐。那么世界的最终意义是什么？每当思想触及上神时，就会试图将思想带到创世的逻辑中，而这个逻辑就是欲望和寻求快乐。古埃及人认为自然是由生命能量所穿越的，而这种能量本身就是自我释放、倾泻、扩张、增强。亨利·柏格森在其作品《创造的进化》中，把生命冲动置于自然的中心，已经预示着赫利奥波利斯古城最高神的自我色情。

在印度，卡玛神也被称为伽摩、欲天（Kamadeva），是最初的宇宙原则，同时也是反复无常的表现形式主控情欲的神（希腊的厄洛斯也有同样的作用）。法国东方学家阿兰·丹内洛提到卡玛神的众多名字，其名字本身已经表现了一种性爱难以预见的各种变化现象："卡玛有许多名字。有记忆、精神扰乱者、杀手、箭的主人、水生者、奴隶。也是陶醉、乐趣、灵魂的儿子、引力之子、幻觉之子、幸运的情人、美人、点火者、强烈者、渴望者、激发造物主的人、菲利斯、放荡不羁者、欺骗者、蜜焰、麻醉者、火焰的爆裂、情感的连杆、美丽的武装、好色者、和平的毁灭者、世界的主人、快乐的怀抱、染色体、和谐者、鲜花武装者、花的拱门、花之箭。"

和埃及一样，即使在印度，爱也直接关系到世界的起源。根据《吠陀》，起初是"一神"在黑暗和大水之中。当"一神出现，激动起来而发挥其热情的能"，宇宙便从万物无形的朦胧过渡到当今丰富多彩的世界。最初是爱情，初蒙欲念，而成原始生殖细胞。

《吠陀》赞美诗以比阿图姆神的自我色情更精致的方式表达了同样的概念：在宇宙的起始，欲望应居首位。雷蒙·帕尼克卡尔评论道："没有爱，人就不会存在，但如果没有热情或 tapas，爱就不会发生。是激情，tapas，使得爱情存在。"爱是人的构成之初，而欲望则是爱情之始。

希腊

在希腊，爱的力量被阿芙罗狄蒂和厄洛斯所象征，他们在古罗马则相当于维纳斯和丘比特（丘比特的名字来自动词 cupio，即欲望）。然而，丘比特只是部分相当于厄洛斯，因为在希腊，和在埃及和印度一样，厄洛斯扮演着两个角色。

厄洛斯最大众化的角色是作为阿芙罗狄蒂的儿子和性爱的执行者，有时还伴之以安忒洛斯（Anteros，爱情回归）、希莫洛斯（Himeros，鲁莽的爱或强烈的欲望）与波索斯（Pothos，欲望，渴望）的三位小神，在文艺复兴时期和巴洛克艺术作品中，他们往往都被描绘成胖乎乎的裸体小天使形像，叫作 Putti。对于唤醒人类这种欲望的功能，厄洛斯和丘比特是完全对应的。事实上，性欲不仅涉及人类，还涉及动物甚至神灵，正如索福克勒斯用安提戈涅的话所宣称的："厄洛斯在战斗中所向披靡，在牲畜身上打倒你，把你放到女孩温柔的脸颊旁，在海上和乡间民居里徘徊；不死的诸神和短命的人们，无人得以逃脱。"

这段文字标志着从人类到更广泛的视角，涵盖了包括神在内的自然。这是厄洛斯的第二个角色，从一个简单的工具，变成真正的宇宙引擎，在概念的转折点上，让人想起黑格尔的《精神现象学》里的主－仆辩证论。

厄洛斯是最早的原始神，出现在阿芙罗狄蒂之前，而且所有众神都臣服于他，持这样说法的有古希腊诗人赫西俄德的《神谱》（"厄洛斯，永生神中数他最美，他使全身酥麻，让所有神和人思谋和才智尽失在心怀深处。"），有阿那克里翁（"主宰众神的人是他，主宰众人的人是他。"），柏拉图的《裴德罗篇》（"厄洛斯没有父母。"），阿里斯托芬内的《鸟》（"最初世上并没有天神的种族，情爱交合后才生出一切，万物交会才生出天地、海洋和不死的天神。"）。

厄洛斯的两个角色——年轻的仆人和主宰爱情的神——的理解，使卢西亚诺·底·摩撒他（Luciano di Samosata）想象厄洛斯与宙斯之间的争吵（宙斯知道厄洛斯是比乌拉诺斯之子泰坦更老的神）：

厄洛斯：如果我做错了什么，宙斯，原谅我：我只是个孩子，还没有判断力。

宙斯：你，厄洛斯，你比泰坦还老得多，会是一个孩子？或者，因为你没有留胡子或长白发，你就可以被认为是个小淘气了？你个老流氓！

在哲学上，爱情对宇宙进化的作用尤其得到恩培多克勒的强调。他认为，把各不相同的元素结合在一起，从而产生统一而有生命的现象，就称为philia，即"爱情"的和谐力量。它由阿芙罗狄蒂拟人化："一切都生来如此，因为是由阿芙罗狄蒂结合而成的。"甚至更重要的是，即使是卢克来修，也想用伊壁鸠鲁的哲学"从压迫性的宗教下拯救人类生命"。他著名的作品《维纳斯颂》开始就写道："你一个人管理大自然，没有你，便没有任何东西出现在天上的光明之中，没有什么可令人快乐，没有什么可爱，我希望你能伴随我写作我的《物性论》。"这当然不能证明卢克来修与其学说前后不一致，因为很明显，他提到的不是传统的女神，而是指压倒性的，同时也是引人入胜的爱的自然力量。不过，这种力量表现出两个决定性的特征：依赖和归属。这些特征总是引导人的思想将其视为神圣的范畴，以便意识到其与生命存在的特殊关系。

柏拉图和厄洛斯的第三面

柏拉图对爱的思考在他的作品中随处可见，因为这是他哲学的核心概念，但主要是在《裴德罗篇》里，甚至更多的是在《会饮篇》里，这位雅典哲学家直接论述了这个问题。在介绍了厄洛斯前面分析过的两个角色，即决定生命坠入爱河的力量（《阿加通篇》）和宇宙进化的力量（《裴德罗篇》）之后，揭示了他独特的观点，将爱界定为一个魔（demone），也就是说，是介乎于神界和人世之间的一种存在。在深入探讨这个非常原创概念的内容之前，应该注意的是，柏拉图的这番话像往常一样说成是苏格拉底之言，但其特殊性就在于他指出了受到一个叫曼蒂纳的迪奥蒂玛妇女的教导："我会试着给你们谈谈我从曼蒂娜的迪奥蒂玛那里听到的关于厄洛斯的讲话，她在这方面和许多其他事情上都很明智……她也教导我有关爱的事情。"无论学者们争论的这个人物是否在历史上存在过，它在柏拉图对话中的决定性存在意味着女性的观点对于正确研究爱情的本质至关重要。对厄洛斯，柏拉图借迪奥蒂玛之口申明，"他既不漂亮也不善良"，而是"介乎这两者之间的东西"，"在生命短暂的凡人和不朽的神之间的东西"，"一个大魔鬼"，并说"魔鬼是神与人之间的中间体"。因此，爱是一种中介（希腊文 metaxú），它使神界与人界、理想与物质世界、永恒与时间之间的联系成为可能。柏拉图认为，居中的厄洛斯"以一切都与自己很好地联系在一起"。如果只有神圣的永恒，就没有世界与其纷繁的现象；如果世界上只有各种现象，就不会有统一而是分散凌乱：正是爱所揭示的永恒在时间上的存在，表明有一个高于一切的统一体现实。只有通过爱，人类才能达到这个统一视野，这是一种卓越的统一张力，因为"有一个神不与人混在一起，但通过这个众神的魔鬼，神与人便有了一切关系和对话"。

但厄洛斯为什么会有如此魔鬼般的本性，使他能够在永恒的世界和短暂的现实世界之间充当中间人呢？因为它的起源。事实上，与厄洛斯是阿芙罗狄蒂的儿子的普遍观点相反（也是柏拉图在《裴德罗篇》中所记载的）。在柏拉图的《会饮篇》里，厄洛斯是潘尼亚（Penia）的儿子，是庆祝阿芙罗狄蒂诞生的假期内与醉酒的波罗斯做爱所孕。Penia 不是女神，而是贫穷的化身，而波罗斯是一个小神，是权宜之计、应对能力和找到出路的人格化（找不到出路是 a-poría，表示不可解决的逻辑困难）。作为贫穷和权宜之计的孩子，厄洛斯是"绝非大多数人所认为的那样美丽而精致"。他宁愿"坚强，赤身，光脚，无家可归，他总是躺在门前或街头睡觉，没有遮挡，因为他具有母亲的本性，他总是与贫穷同居"。不过，厄洛斯也是出路之神的儿子，从父亲那里继承了自然，"是引导人追求美丽与善良的神，他勇敢、鲁莽、浮躁，是非凡的猎人，总是策划圈套，热情智慧，充满资源，人生的哲学家，非凡的诱惑者，魔术师，诡辩家"。这里出现了爱的激情的双重性质，一方面是痛苦，另一方面是激情和能量。柏拉图的教训至今仍然指明我们在尘世的道路。

附录 B. 天主教性道德史的要素

虽然 1965 年的第二届梵蒂冈主教会议宣布"配偶在纯洁的亲密关系中的行为是光荣和有价值的",虽然现在的教理问答写道"性是快感和快乐的源泉"(第 2362 条),但是还不可能忘记,也不可能再重复历史上许多天主教徒在描述性行为时所用的下列形容词:"肮脏、污秽、丑陋、邪恶、病态、庸俗、有辱人格、动物、兽性、腐败、被宠坏、被毒害的。"早在 1912 年,庇护十世的教理问答,对配偶应该履行什么义务就做出了回应:"配偶有责任和睦相处,在精神和时间上不断相互帮助,并教育孩子"(第 413 条),甚至有意避免提到配偶词源所涉及的性生活义务(配偶一词来自拉丁语动词 coniungo,即"结合,交配,将一物置于另一物之上")。现在,我将传递一些基督教传统的主要神学家的信息,但读者必须知道,类似的表达可以在几乎所有神父的、学校的和现代社会的人物中找到,也包括第二届梵蒂冈主教会议和其他人物。

希腊语的教会神父:尼萨的奥里根和格雷戈里

亚历山大的奥里根,有史以来最伟大的《圣经》评论家之一,也是一位具有伟大哲学和神学深度的思想家。在他 18 岁的时候阉割了自己，因为他读了《马太福音》中那段耶稣的话："有生来是阉人，也有被人阉的，并有为天国的缘故自阉的。"他不是天主教徒中第一个做出此类事情的人，十来年前报道了一个类似的案例，朱斯蒂诺向亚历山大省省长菲利斯提出请求，恳请允许医生割掉他自己的生殖器。他的行为也不必大惊小怪，因为亚历山大的主教称赞他，并给了他教理问答讲授的责任。因此，不难想象奥里根对性的看法："有来自撒旦的肉体之爱和对上帝的精神之爱，没有人可以被两种爱所拥有：如果你爱肉体，你就不懂精神之爱。"因此，最直接地确立了精神生活与性爱生活之间的对立。

对于尼萨的格雷戈里来说，人类现在的繁衍方式是亚当和夏娃原罪之后上帝设定的，由于他们的原罪，上帝为人类规定了"一种动物的繁衍方式"。由此人类的所有负面情绪都被激发出来，首先是愉悦感："热爱快乐的原则与非理性的动物相似。"如果没有原罪，人类的世代繁衍就会大不相同，不会像野兽那么肉欲，而是像天使一样精神上的爱：如果我们没有因为原罪而改变或偏离天使的尊严，那么我们要繁衍就不需要婚礼了。

拉丁语的教会神父：奥古斯丁

即使对于奥古斯丁来说，与性行为有关的激情和随之而来的快乐也是原罪的结果，是性欲统治下的人性的结果。像格雷戈里一样，奥古斯丁也认为"如果没有罪，那值得享受天堂幸福的婚姻，就会没有令人羞耻的激情而生下孩子"。人类怎样以一种没有激情和愉悦的方式孕育孩子呢？奥古斯丁描述道："男人会提供精子，女人会迎精子进入自己的生殖器官，什么时候，需要多少，都取决于意志的控制而不是激情的兴奋。"这让我想起了今天的人工授精。不仅如此，人还可以像现在控制手一样完全控制自己的阴茎：为什么不相信，如果没有激情这种对当初不服从的惩罚，生殖器官就像其他肢体一样，能够服从男人的意志？

但因为原罪，现在一切都不同了。性欲高涨，必然伴随着性的结合，这种结合，再加上快感，将原罪传给了所怀的孩子。这就实现了以下的恶性循环：

——原罪（亚当和夏娃）

——关乎人类繁衍的性欲

——源自原罪之罪（世界上每一个孩子都由此诞生），这一切就形成了一个不可估量的情欲和罪恶链

奥古斯丁认为，耶稣给出了毫无性欲与原罪之间这种不正当联系的证据，耶稣就是"没有任何肉欲的快感而受孕的，因而没有任何原罪"。

其结果是，对于天主教徒夫妇来说，他们可以通过仅为生育

后代而合法地纵性欲进行性结合行为，这一点是可以理解的：奥古斯丁认为，婚姻的第一个也是最重要的好处就是生孩子。奥古斯丁认为，婚姻毫无疑问是件好事，即使没有孩子也是如此，因为婚姻在夫妻共同生活中产生了灵魂的统一，而这种夫妻间灵魂的统一越真实，就越摆脱他们的肉体结合，而这种肉体的结合只在生育的情况下才是合法的。奥古斯丁说："越好的夫妻，就越早开始拒绝肉体的结合。"

学者：彼得罗·隆巴尔多和托马斯·阿奎那

彼得罗·隆巴尔多的格言集（托马斯·阿奎那16世纪接替了之前从12世纪到16世纪的神学院手册）重申了奥古斯丁提出的原罪与性交快感之间的关系："由于孩子产生于父母的情欲和性交的快感，所以原罪是一种污染……因此，性关系是可憎和可恶的，在婚姻的关系中不能自我开脱。"而婚姻关系的好处则是奥古斯丁所谓的三位一体：后代、忠诚和圣礼。

托马斯·阿奎那更开放。在《苏玛反外邦》一章中，他四次感叹"肉欲不可能对自己有害"，在其他地方，他捍卫肉体的权利，把性归于身体，不像尼萨的格雷戈里和奥古斯丁，假设一个类似于天使的神交繁衍，即使在人间天堂也是如此："人即使没有犯罪，也会有性交，是性别的区分使然。"托马斯认为，这种天堂般的性，得到的快感远不及现在，而是更多，"并不像有些人所说的感到的快感更少，而由于越是更快感的选择，就越自然纯净，身体就越敏感"。在天真无邪的状态下，通过性结合而繁衍后代，就会带来比现在更强烈的快感：也就是说，性交和随之而来的愉悦都是上帝最初计划的一部分，因此是良好和光荣的。

托马斯假设的人间天堂的性交是怎样的快乐呢？人们可以通过思考那种无罪状态来理解这一点，"在没有欲望的情况下受孕"，因为对于托马斯来说，"没有任何东西可以逃脱理智的制动"。所以他认为理性的享受完全没有性欲，大概和他解决一个几何问题时的快感一样，尽管要比此快感强烈得多。一种没有性欲的愉悦，它涉及理性，而且主体完全是自己的主人，这与现在支配着感受这种愉悦的人是不一样的。没有混乱，没有无法控制的吸引力，没有自我迷失；一种有节制、有秩序、有纪律的可管理的快乐。一种想象的快感和一个完全有序的世界相似，像一个没有瑕疵的花园一样，甚至是像在托马斯时代欧洲建造的一座宏伟的大教堂，以反映天地之间的和谐。或者，一个想象的快感，一个镇定自若的、脱离尘世的上帝，一个全能的主，他主宰自己所爱的一切，却从来没有自我失控。他既不知何为激情，也不知何为痛苦。他享受自我，主宰自我，只做自我，完美到什么都不再需要。这就是天主教传统中最杰出的思想家、神学家圣托马斯·阿奎那的快乐。他以自己的方式思索和惋惜。

然而，他构建的一切都处于灾难的征兆之下，如同一个不现实的悲惨时期，因为不幸的是原罪发生了，打破了原始状态的奇妙完美，并引入了混乱和欲望。结果呢？托马斯结论如下："人在性交方面变得兽性，因为变得无法以理性来缓和追求行为的快感和性欲的沸腾。"因此，托马斯在抽象地捍卫广大民众的性交，但在具体地描述人的性交时，却用诸如肮脏、污点、耻辱、猥亵、畸形、病态、腐败、恶心等修饰词。

附录 C. 世界主要宗教的性理论

世界上没有哪个宗教没有关于性道德教义的精神传统。各大宗教都一致谴责不受控制的性行为，即所谓的纵欲，并区分纯粹的行为和不纯的行为。但即使在同一宗教传统中，对于何为纯粹的行为、何为不纯的行为也没有统一的意见。我现在在基本问题和个别问题上概述一下这个问题的主体方针。

印度教

在印度教传统中最具影响力的经文《薄伽梵歌》即"主之歌"中，黑天神（Krisna）宣称纵欲是解放知识的最大敌人："这就是欲望……这是你的敌人，贪婪，邪恶……知识被这个始终持有知识的敌人所覆盖，我是说，就获得了这个敌人想要的所有形式，就是一种永不满足的欲火。据说，感官、思想和情理都是他的家。通过这些，他包裹知识，混淆其自身。"文中最后的结论是："杀死这个敌人，这个难以克服的欲望！"

因此，灵魂永恒的、最大的敌人就是贪婪，是这个由情欲而生的因素。我们面对的不是抽象的道德主义，而是清醒的分析，它指出不受控制的欲望对人类最大利益，即思维清醒的伤害程度有多大：纵欲是邪恶的，因为它干扰了人正确看待世界、他人、自己，进而解放世界、他人、自我的能力。即使在以身体及其性能量为主，进行非常明显的性实践和技巧教育的密宗里，性也是人的物质维度与精神维度的结合，因此是按照对自身及其在世界上的地位的认识来运行的。

在性方面最著名的印度教经文无疑是《卡玛经》（又译"爱经"），一个由 Kāma（快感）和 sūtra（思路）两部分构成，其含义通常表现为"快乐格言"。该书在公元前 300 年至公元 300 年间由不同学者撰写，并由一位名叫瓦希雅亚娜（Vātsyāyana）的作者集合而成，收集并介绍了 64 种不同的性交方式，进行性爱教育。因此，它似乎是一个放荡的和不道德的经文，但并非如此。事实上，卡玛属于德哈玛（佛法，达摩）和阿啰他（又译阿尔塔），也就是说，快乐从属于称为德哈玛的宗教－伦理层面和称为阿尔塔的经济层面。成熟的人并不忽视阿尔塔或卡玛，但他知道，他们之间有一个精确的等级："当所有三个，即德哈玛、阿尔塔和卡玛相比较时，前者总高于后者；换句话说，德哈玛高于阿尔塔，阿尔塔高于卡玛。"快乐的原则要服从于对神和他人负责的原则，而这种从属地位，不应对个人追求的生命主要目标产生不可避免的不良后果。因为无论是阿尔塔还是卡玛瞄准的目标，都是莫克萨，解脱因果轮回之苦。但必须说明的是，卡玛的从属地位绝不能导致其遭受贬损："任何有助于德哈玛、艾尔莎和卡玛实践的行动，都必须一起进行，或两者同时进行，必须避免以牺牲其他两者为代价来促成一个行为。"

为了在具体问题上遵循印度教的指导方针，所有流派都认为通奸是一种致命的罪行，尤其是妇女通奸，而且更为严重的是由一个上等种姓的女子和一个下等种姓的男人犯下的通奸。但是，印度教神话中也有一些神以《卡玛经》教授的方式与各种类型的女性通奸，其中也包括已婚女子。《卡玛经》并非完全没有限制："禁止与上等种姓和已有所属的女性做爱。"但该文接着说："但是，对于与下一级种姓的、被其种姓驱逐的、卖淫的、结婚两次以上的女性一起做爱，既没有规定，也没有禁止。做爱的唯一目的，乃是与这类女子同乐。"据此，卖淫在伦理道德上被认为是合法的。

相反，印度人的伦理道德观念公开反对婚前性行为，认为这是对传统道德的重大亵渎。另一方面，并不禁止避孕，也不对手淫给予负面评价。除了危及母亲生命的情况，选择性堕胎是禁止的，尽管印度（包括其他部分亚洲国家）对女性胎儿实行堕胎的情况非常普遍，而这种做法确实是杀害女婴。最后，关于同性恋问题，立场各不相同，尽管绝大多数人认为这是一种违反自然的罪过，这也反映在《印度刑法》第377条上，对这种违法者可依法判处直至无期徒刑。

犹太教

虽然这与当代的享乐主义毫无关系，而且历史上不乏类似著名的医生和哲学家摩西·迈蒙尼德坚持的性交要"尽可能少"的负面看法，但犹太人对性的态度还是非常积极的。犹太人对性的正面评价首先得益于造物主对人类第一对夫妻所说的话："你们要生养众多，遍满地面（生儿育女，繁衍后代）。"（《创世记》）这就把性结合看作是从上面发出的明确意愿，因此是合法和纯洁的。对性的积极评价还基于这样一个事实，即性活动满足了对亲密和欲望的需求，这一点从《雅歌》中可以明显看出对自然的性爱赞颂。对犹太人来说，性本身就是积极的、必要的、良好的，不必从基督教传统所谓婚姻的三大好处（奥古斯丁认为是生育、忠贞与圣事）中补偿其过。事实上，人类的本性不会因为原罪而堕落，对于犹太人来说根本不存在原罪，所以对人性有着根深蒂固的信任，包括人对享受和给予快感的欲望。有罪不在追求享乐，而在于放弃对从经济到性的所有层级的身体幸福和物质福祉的追求。犹太人说："到了冥界的人才会意识到他所错失的一切享受。"

但是，只有在夫妻之间发生的性行为，才是合法的："没有无妻子的男人，没有无丈夫的女人，没有无上帝的夫妻。"根据这一原则，犹太教建立了在性－婚姻同一性关系基础上的性道德，这与基督教伦理一致，但还有一个明显的区别：每一次性交都不必过渡到下一步（生育），因为犹太教虽然也把孩子视为上帝的礼物，并鼓励生育，却并不总将性行为解释为必须面向生育后代。因此，犹太教三个派别（正统派、保守派、改革派）中有两派允许避孕，并有两个明确规定：禁止永久绝育和倾向于采取作用于女性的避孕措施，以尊重赋予男性"不浪费精子"的命令。

此外，还必须明确以下几点：（1）严禁在月经期间发生婚内性行为，月经结束后7天即视为禁期结束，因此平均每月有12天为禁期；（2）妇女有权拒绝丈夫的做法；（3）禁止丈夫施加任何暴力形式的压力；（4）离婚对双方都是完全合法的。

关于婚外性行为，犹太教有一系列关于禁止乱伦、强奸和通奸的明确规定。关于通奸，女性与男子的界定不同：女性的任何婚外情都是通奸，而男子只有与已婚女子发生性关系才构成通奸。"通奸不在于背叛妻子而与另外一个一般女人……按照法律规定，只有当另一个女人已婚时，才是通奸。"

就手淫而言，女性手淫一般被认为是合法的，因为它不涉及精子的流失，而男性手淫则被认为是一种严重的罪恶，因为它涉及精子的流失。最后，关于同性恋，在当今的犹太人中，就像现在的天主教教徒一样，有忠实于传统的严厉谴责的，也有一些随时代变化而温和地接受的。

耆那教

这个没有上帝，没有神灵的宗教，喜欢把自己描绘成"伦理现实主义"，贞操起着非常重要的作用。事实上，性激情被认为是解放的主要障碍，而寻求解放的优先途径则是如僧侣和尼姑一般，完全熄灭性激情，因为僧侣们完全尊重构成这种信仰的全部十二个誓愿，因此耆那教是忠实的榜样（所谓"誓愿"是指个人承诺遵守的指导自我存在的庄严誓言）。对于俗人，誓愿减少到五个，其中第一个，最基本的，涉及非暴力的不杀生，由此而导致非常严格的素食主义。该教的其他誓言是：不欺诳，不偷盗，不奸淫，不蓄财。

对于一个俗家的耆那教徒来说，合法的纯洁性行为意味着什么？世俗者可以有性关系，但他们有义务将其限制在婚姻关系中，因为对他们来说，贞洁也是他们的理想取向。他们还禁止任何婚外关系，包括有婚约的年轻人之间的婚前性关系。他们还禁止手淫，并禁止任何不适当地刺激性欲的产品，如色情产品。非暴力规定的绝对价值导致了耆那教明确处罚堕胎、胚胎抑制和离婚，因为这都属于暴力行为。最后，尽管使用了避孕措施，但并不被看好：实际上是建议靠禁欲避孕，说到底，这才是每个人都必须追求的最终目标。

佛教

佛教本质上是为芸芸众生摆脱各种痛苦而提出的一条解放之路。佛陀在他的第一次演讲，即《初转法轮》中，通过所谓的"四圣谛"揭示了他学说的核心：（1）痛苦的存在；（2）痛苦的根源；（3）结束痛苦；（4）通往结束痛苦的道路，高尚的八重道路。

在这种情况下，第二个圣谛特别重要，它指出痛苦的起源在于贪欲："这是痛苦根源的圣谛：痛苦的根源在于贪欲，它导致了新的存在，与喜悦和色欲相结合，时而在此时而在彼得到满足。人们渴望感官享受之贪欲，对存在和不存在的东西的贪欲。"

贪欲最明显和最高的表现就是性欲，所以佛教认为禁欲以及由此而来的寺院僧侣的独身生活是获得解放的最佳途径。方法很简单：性冲动越少，宁静与快乐就越多。性欲是造成世上生活诸多痛苦的贪欲的主要表现形式，是守护心灵必须避开的三种毒药中的第一种（另外两种是仇恨与无知）。一篇名为《卡玛苏塔》的佛教短文与印度教的《卡玛经》有相同的标题，但不同的是，它对性愉悦的评价恰恰相反：如果一个人想克服对这个世界的依恋和由此带来的痛苦，这种快感是始终要避免的。

当然，佛教和犹太教一样，也承认世俗性行为的合法性，但必须遵守五项基本道德准则中的第三项：戒不当性行为（其他戒律是：（1）戒杀戮；（2）戒偷窃；（4）戒说谎；（5）戒用能令丧失自控的东西）。关于何为不当性行为，佛教各流派之间意见不一，但对婚外性关系（私通、通奸）和手淫等问题，却完全一致。只有在性交之前和性交过程中采取的避孕措施被认为是合法的，而不允许事后消除受精卵等干预，从而对佛教承认的新生命实施暴力，因为受精卵（胎儿）拥有和其他有感知能力的生命得到同样的尊重与对待。

在法国举行的一次会议上，某佛教代表被要求对不当性行为做出定义，他回答说："我们从器官、时间和地点方面谈论，当性关系涉及身体的不适当部位，发生在不适当的时间或不适当的地点时就是不当的。这些是我们用来描述性行为不端的术语。不合适的部位是嘴巴和肛门，涉及身体这些部位的性交，无论男女都被认为是性行为不端。手淫也一样。"还说："当夫妻双方使用为此目而生的器官时，性行为是正确的，仅此而已。与一个由你而非第三方付钱的妓女发生关系，并不能弥补你的不良行为。所有这些例子都界定了什么是佛教道德所指的正确的性行为，什么是不正确的性行为。"最后是同性恋："同性男女之间的爱恋本身并不是不正当的。但在性接触过程中使用前面定义为不适当的器官就是不当的。"很明显，对于符合佛教教义的性行为，并非所有的教条（在规则的实际意义上）都是被超越和可超越的。

道教与儒教

与其他东方宗教相比，道教和儒教思想既是宗教又是哲学，其任务都是使个人与万物的整体逻辑和谐相处。道教的这种逻辑叫作道。道是伟大的宇宙大法，万物的秩序，这样的自然法在天主教道德中也是重要的，尽管与之不同的是，道家将这个法解释为绝对的，也就是说，不涉及在此法后面或内部行动的一个神，而是动态变化的，既包括秩序，也包括混乱，因此，不允许有什么固定不变的戒律。令人震惊地断言：“所有有规律和对称的东西都与自然无关。”

道教认为人生的意义在于遵守道家的宇宙规律，在自身的内外再现其道。但是，这种符合的被动性大于主动性，它更多的是服从万物的规律，而不是一种要改变事物过程的活动，而唯一真正的变化则是每个人自身的变化，使自身变得越来越温顺且与宇宙和谐。所以这不是行动，而是存在，是成为和谐世界的一部分。

正是从这一观点出发，道教提出了类似于佛教的五项基本伦理原则，其中第三条规定：戒错误性关系（其他戒律是：（1）戒杀戮；（2）戒偷窃；（4）戒说谎；（5）戒服毒品）。关于五条戒律来源的经典经文这样评论第三条戒律：“戒错误的性关系的戒律规定：如果发生性关系，但不是已婚夫妻之间的性关系，那就是错误的性行为。至于和尚或尼姑，决不可与任何人结合或发生性关系。"英文版解释了这样明确的总方针："手淫、婚前性行为、通奸、卖淫、同性之间的性行为等，都是错误的性行为。"

但是，在道教传统中，所谓的"房中术"蓬勃发展，这是一种性技术，首先用来实现道并获得永生，这远远超出了基本道德的第三条戒律，因为他们也是集体和公开实践的，而且可以与印度密宗相提并论。但是，由于儒家最严格的道德规范，这种性手段只限于私下使用。儒家思想，事实上提出了比道教更严厉的纪律，其中对于第三条戒律及其解释是一致的，对于所有婚外的性表现都给予处罚，但不承认旨在寻求神秘价值的身体心醉神迷的破戒行为。相反，它非常重视对性欲的长期控制，特别是对年轻人的控制："优秀的人，当他年轻精力旺盛时，必须警惕性欲。"

伊斯兰教

随着伊斯兰教的出现，已经陈述过的基督教性道德的自然概念再度重现，这种自然被理解为直接表达了上帝的意愿，因而也是人类行为举止规范的法源。事实上，应当看到，在伊斯兰教中，这种对自然的神学观念进一步深化，因为对于这个教派，说自然和说神的意志是完全一样的：自然并不享有任何自主权。

自然与神的意志的关联表现为男女之间的性别差异和男女结合所产生的家庭：这是伊斯兰教性道德的基石，伊斯兰教性道德只允许婚姻关系内的性行为，否定任何其他的性行为（下文将讨论其例外情况）。所以与基督教和犹太教坚持的性与婚姻的关系是一样的。但同犹太人一样，与基督教徒相比，缺少了生育的第三步，因为伊斯兰教虽然把孩子看作上帝的礼物，鼓励生育，但并不总是把性的含义解释为必须以传宗接代为导向，因此允许避孕。显然，他们反对导致绝育的长期封闭的避孕理念，以及在发生性关系后采取的避孕措施，因为这些措施有可能扼杀受精卵，因此至少是一种早期堕胎（除非母亲有生命危险，堕胎总是被谴责的），但是在性关系之前和之中采取避孕措施是完全合法的，这就表明伊斯兰教对性本身的态度是积极的，而不只是一种生育手段。

性与婚姻的关联性导致伊斯兰教禁止所有形式的婚外性关系："不要走向私通：这是非常猥亵的事情，也是可悲可耻的邪路。"（《古兰经》）被禁止的各种淫乱之事包括：作为没有婚姻关系的男女之间的性关系，约婚夫妇之间的婚前关系和通奸。对于违法者，法律规定了严厉的体罚："如果你们相信真主和末日，相信一伙信士应当受刑罚，那么你们应当鞭打男女通奸者各一百鞭，你们在执行真主的宗教时不要心软。"（《古兰经》）关于通奸问题，伊斯兰教法规定要处以投石击毙之刑。

需要说明的是，伊斯兰教婚姻制度规定了一夫多妻制："在你们喜欢的妇女中，娶两个、三个或四个。"（《古兰经》）因此，性与婚姻的密切关系变成男人的关系，至少对于那些能够负担得起的男人来说，性就是婚姻。另外，上述《古兰经》经文中确实包含了"女仆是你拥有的机会"一说，此话在《古兰经》编审的注释中明确指出："与合法占有的奴隶结婚和同居都是合法的。"因此，一个男人有权与最多四个妻子和不确定数量的女仆或同居者发生合法的性关系，只要他有经济能力维持这种关系。也就是说，只有男性能进一步扩大其性和婚姻联系。但应该说，在我们这个时代，大多数穆斯林国家要么禁止一夫多妻制，要么使其实现变得更加困难，因为它"在穆斯林社会中经常被认为是消极的"。

至于其他具体问题，必须指出，伊斯兰教对手淫、口交和肛交没有统一的立场，有人主张其合法性，有人坚持其非法性。不过据我所知，对于口交，认为合法者居多，而对于另外两种则主张非法者居多。可是，对于同性恋，没有任何不确定性，因为同性恋被认为是"无与伦比的可憎行为"，而且还可判处死刑。

汇总表

	通奸	卖淫	不贞的	婚前性关系	避孕	手淫	流产	同性恋	离婚
印度教	是	否／是	否／是	否	是	是	否*	否	否／是
犹太教	否*	否	否	否	是*	否／是	否*	否／是	是
耆那教	否	否	否	否	是	否	否	否	否
佛教	否	否／是	否	否	是*	否／是	否*	否／是	是
道＋儒教	否	否	否／是	否	是*	否／是	否／是	否	否／是
伊斯兰教	否*	否	否	否	是	否／是	否*	否	是
东正教	否	否	否	否	否／是	否	否*	否	是
新教	否	否	否	是／否	是	否*	否／是	是	是
基督教	否	否	否	否	否	否	否	否	否

　　此汇总表的优点是使总体情况一目了然，但以"是"或"否"一个字所表达的立场有很大局限性，有时情况要复杂得多，而且纷繁难述。我试图通过两种方式来补救这一局限性：一是在两种立场均有时，同时写上"是"和"否"，以"是"的态度为主时，"是"在先，反之亦然，"否"在先，"是"在后说明否定的态度为主；而在"是"或"否"明显占上风，且有强有力的例外时，就

加上一个星号。我相信，根据前文的解释，读者能够理解这些细微差别。

在表格中，我加入了东正教和新教，我要说明，大多数新教徒认为在性交前和性交期间的避孕是合法的，而东正教立场也大致相同，只是认为合法者的比例更低些。最后，表格直观地表明，基督教的性道德态度是最严厉的：这是特别圣洁的标志还是其他什么呢？读者知道我的答案，绝不是两者中的前一个。

附录 D. 伦理的物质基础

所谓伦理的基础，就是伦理面对自己和他人良心的合理辩解。我认为，今天，只有面对最激进彻底的反对派，也就是对于伦理自身合法性的反对，才能奠定这样的基础。传统的伦理基础，无论是宗教的还是世俗的，都不再符合我们时代对人类文化历史的新要求，这是一个与伦理本身的作用和功能、意义、主张和要求无关的争论，从性（与存在的其他方面直接相关）开始，今天人们质疑是否存在一种每个人生活必须遵守的伦理规范。事实上，人们认为，伦理没有客观的基础，而只是一种惯例，就像法律一样，它也只是一种避免相互争斗的有用公约，或被当权者强加于人的规定。

但在我看来，情况并非如此：伦理和法律都不是没有根据的惯例；相反，它们深深扎根于存在的关系结构中，确实是政治权威确定成文法的范畴，但实质内容却并非如此。政治权力机构能够而且应该制定成文法，但决不能制定法学，因为政治权利自身也是法律先授的。法律与法律原则、合法性与正义之间的区别至关重要。

伦理道德基础问题实质上变成了一个非常具体的问题：为什

么我总要做好事，而不是和我利益相关的事？为什么我应该尊重司法，而不是我的便利？为什么我应该选择本身是正确的，而不是对我而言合适的？回答这些问题就是建立伦理道德的基础，首先要把它们打入自己的内心。

我的回答是：因为要忠于自己就要做好事，因为客观上的好事就是最大的主观利益所在。什么是真正的好？其特有的实质是形式、秩序、和谐与和谐关系。我们是什么？我们是形式、秩序、和谐，是和谐关系的交响乐：正是由于这种被称为信息的物理学动力，我们的原子从亚原子的初级水平开始形成，而这些原子又通过引导它们的信息形成我们的分子，这些分子又通过引导它们的信息形成我们以细胞为基础的机体……这是一个逐渐发展的组织，直到形成人的意识和个性。塑造我们和我们的信息的逻辑是和谐的关系，因此实践伦理道德，实现与他人和世界和谐的关系，就意味着忠于自己，忠于我们最私密的内在逻辑。从这个角度看，利他主义和正直的个人主义并没有什么不同，因为一个聪明的人会照顾自我。

伦理的基础是物理的，它建立在一种乐观和同情地看待自然的哲学基础上，并不是忽视它所带来的混乱和无序的许多表现形式，并将它们重新引入一个趋向复杂性和生命组织的增长过程，因此，人们知道，忠实于自然和自己的关系逻辑，结果会随着一个人关系变得越来越好，自然而然地更加快乐。

在人类精神的顶端，大家一直知道物理和伦理之间的密切联系。也就是说，存在着一种统一的规律，支配宇宙、人体和灵魂，它被希腊人称为 Logos（逻各斯），印度教和佛教称为达摩或达玛，中国道教称为道，日本称为 Do，犹太人称为 Hokmà，埃及称为 Maat。在此基础上形成了所谓的黄金法则，这是人类所有伟大精神传统中都存在的一项基本伦理原则，其简化后的公式是："己所不欲，勿施于人。"或正面说成："你要别人怎样待你，就怎样待人。"下面是黄金法则的主要原则，形式各不同，但内容都相通：

印度教："我们不应该以自己不喜欢的方式待人，这是道德的本质。"

耆那教："人应该用自己想要被对待的态度去无差别地对待所有世俗事物，对待包括自己在内的世界上所有的生命。"

佛教："一种对我而言不喜欢或不舒服的条件，对于他人也应该是不喜欢和不舒服的；我怎么能把一种对我而言不喜欢或不舒服的条件强加于另一个人呢？"

儒家："己所不欲，勿施于人。"

犹太教："不要对别人做你不希望他们对你做的事。"

基督教："你们希望人为你们做的所有事，也要做给别人。"

　　伊斯兰教："只要一个人不希望他的兄弟得到自己所希望的东西，他就不是一个信徒。"

　　那么，为什么即使在邪恶和不公似乎要付出更多的情况下，善行和正义也要比邪恶与不公好？因为善行和正义外在再现了我们有机体的内在逻辑和关系的和谐。正是从这种和谐的存在逻辑出发，当一个人遇到另一个人的身体秘处时，即使在性关系中，也会尊重正义。

创美工厂 | **壹品**
新奇有趣

出品人：许　永

出版统筹：海　云

责任编辑：许宗华

特邀编辑：黎福安

责任校对：雷存卿

封面设计：海　云

版式设计：百　朗

印制总监：蒋　波

发行总监：田峰峥

投稿信箱：cmsdbj@163.com

发行：北京创美汇品图书有限公司

发行热线：010-59799930

创美工厂
官方微博

创美工厂
微信公众号